DUES CICATRIUS

Capital Books
4

Capital Books
c. Muntaner, 200, àtic 8a • 08036 Barcelona
T. 93 363 08 23
info@capitalbooks.cat
www.capitalbooks.cat

Disseny: J. Mauricio Restrepo

Primera edició: setembre del 2016
ISBN: 978-84-944928-4-6
DL B 16147-2016
Imprès a Romanyà Valls, SA

DUES CICATRIUS

NOVEL·LA BASADA EN FETS REALS

FERRAN GRAU

Capital Books

Eight days a week
is not enough to show I care.
LENNON & MCCARTNEY, 1964

TAULA

EL SEGREST DEL VOL IC-814

ELS FETS

La tarda del divendres 24 de desembre del 1999, el vol comercial IC-814 d'Indian Airlines, que cobria la ruta entre Katmandú i Nova Delhi, va ser segrestat per cinc homes armats que van obligar a desviar l'aparell cap a l'aeroport de Kandahar, al sud de l'Afganistan, després de diversos aterratges forçosos. Reclamaven l'alliberament de Maulana Massud Azhar, de trenta-un anys i líder de l'organització terrorista Harkat ul-Ansar –Moviment dels Companys del Profeta–, un revolucionari que era a la presó índia des de l'11 de febrer del 1994 acusat del segrest d'uns turistes britànics que practicaven el senderisme pel Caixmir.

L'avió va ser retingut durant vuit dies que van canviar per complet la vida dels passatgers. Entre els 178 ostatges de diverses nacionalitats hi havia dos catalans que s'havien casat feia poques setmanes. Aquest és el relat d'aquell viatge de noces. La història de l'Anna Lloret. La història d'una noia que llavors tenia vint-i-set anys. Pocs s'imaginaven aleshores que aquell segrest era, probablement, un assaig a petita escala de l'ofensiva que guiaria el món cap a una nova era. El dia que em vaig interessar per escriure un llibre sobre aquest cas tampoc m'imaginava com canviaria la meva vida.

PRIMERA PART

LA MEVA (2012-2016)

1

COR DE SOLDAT

Entrevista a Anna Lloret.
Transcripció del minidisc 1: minut 24'43

ANNA: *El terrorista es va a posar a cridar i a preguntar de qui era l'anell. Em vaig quedar glaçada quan vaig veure que era el meu. Era un anell de nacre, d'aquests de poc valor, saps?*

FERRAN: *I no saps com el vas perdre? Perquè se'l va trobar a la moqueta a uns quants metres d'on tu estaves asseguda...*

ANNA: *No en tinc ni idea. No sé com hi va anar a parar. Però ell insistia i insistia a buscar el propietari de l'anell. Ningú responia, és clar. L'avió s'havia quedat més mut del que ja estava. Al final, no em va quedar més remei que respondre. «És meu», li vaig dir.*

FERRAN: *I llavors, què més va passar?*

ANNA: *Vaig veure com venia cap a mi movent el braç. Estava morta de por... però en lloc d'esbroncar-me me'l va tornar amb un gest suau. Me'l vaig mirar a la cara i no estava enfadat, estava com alegre.*

FERRAN: *Alegre?*

ANNA: *Sí, tenia una expressió amable. I fins i tot em va donar explicacions.*

FERRAN: *Què et va dir?*

ANNA: *Que ells no robaven. Que ells no eren lladres.*

* * *

Ara ja sé què és un símbol. Però no ho vaig saber fins que no vaig conèixer l'Anna Lloret i després d'escriure *Segrest a Kandahar,* la meva primera novel·la. Ara sé que és la síntesi d'un aprenentatge, la identificació amb una idea noble que està fora de qualsevol consideració estètica, perquè els símbols funcionen dins d'un altre àmbit i d'acord amb uns altres paràmetres. Perquè els símbols, la majoria de vegades, encara que no ho sapiguem, són íntims. Abans, però, era un autèntic cretí. Tot va començar quan vaig haver de demanar la baixa mèdica al diari que encara em paga el sou. Resulta que em van empaquetar a Síria d'enviat especial. Mai a la vida fins a aquell moment havia cobert res fora de Barcelona, i després de cinc anys repicant a Economia, quatre anys escalfant la cadira a la secció d'Internacional, fer dos màsters més cars que una dècada a pensió completa al Ritz i participar de tant en tant en alguna o altra tertúlia radiofònica, em va semblar que l'oferta que m'havien fet per anar a cobrir una guerra era la meva gran oportunitat, el salt definitiu cap a l'Olimp del cronista. Però no. Era una poma enverinada. Tot i les meves expectatives professionals, molt altes per cert, aquell viatge d'enviat especial em va deixar un parell de marques inesborrables. A la meva tornada, vaig aterrar a l'aeroport del Prat amb una cicatriu a la galta dreta fruit d'una cremada. I també vaig tornar amb l'ànima matxucada com una patata podrida, si és que existeix això que anomenem ànima. No vaig superar la brutalitat que vaig viure. En definitiva, l'experiència em va vèncer. Estava trencat. Les conseqüències, les típiques: malsons, angoixa, obsessió, tristesa, pèrdua de la gana i tots els etcèteres que us pugueu imaginar. El diagnòstic, síndrome d'estrès posttraumàtic.

La direcció del diari, no gaire satisfeta amb el resultat de tot plegat, tant de la cobertura del conflicte com de perdre un redactor en els temps que corren, va fer-se'n càrrec a contracor i em va pagar un psicòleg que ja havia tractat amb anterioritat algun company meu per qüestions més o menys similars. Em consta que van arribar a valorar la possibilitat de despatxar-me, però algun bon samarità del consell executiu va aturar l'acomiadament perquè va pensar que fer fora algú en aquella situació podia crear mala imatge, i la capçalera no estava per més sobresalts: darrerament, l'empresa només feia que col·leccionar pèrdues d'uns quants zeros als balanços i alguna denúncia per l'últim expedient de regulació d'ocupació.

A partir d'aquell moment, tot va anar a càmera ràpida o, si més no, aquesta és la percepció que me n'ha quedat. Vaig assistir a les sessions de psicoanàlisi d'aquell aixecacamises uns quants mesos. Com era d'esperar, no va funcionar, o potser és que ja estava predisposat que no funcionés, tot i que al cap d'un temps la meva idea sobre els psicòlegs canviaria. Dues vegades a la setmana l'anava a veure a la consulta de Via Augusta i, és clar, no va aconseguir solucionar-me el que collons fos que em rosegava per dins. Tampoc va funcionar el carregament d'antidepressius i d'ansiolítics que em receptaven paral·lelament a l'Hospital de Sant Pau. Els medicaments em deixaven ben col·locat, i tot i els viatges que em provocaven les pastilles seguia fet pols. El pitjor del cas és que no em veia amb el coratge necessari per recuperar la meva vida anterior, ni tan sols d'incorporar-me a una altra secció del diari. M'havia quedat bloquejat. Ni a les Necrològiques, ni a la Cartellera i ni tan sols als Horòscops hauria pogut escriure una trista ratlla en l'estat en què em trobava. Cada dia que passava estava més fotut. L'aventura de ser periodista s'havia acabat, o potser aquesta era la percepció que me n'havia quedat. En general, pensava, tot s'havia acabat. Vaig prendre la decisió d'enterrar el somni de la meva vocació. Per als pocs que em coneixien de veritat, agafar aquell camí era la mostra més evident que alguna cosa no funcionava a l'hora al meu cap. Des que tenia ús de raó, la meva vida havia donat tombs sobre el mateix eix: convertir-me en una gran figura del periodisme. De fet, era l'únic pel qual m'havia esforçat mínimament algun cop a la meva vida, i no sempre aplicant els valors morals.

Primer li vaig dir adéu a la Carlota per telèfon. La Carlota era la dona que ostentava el títol, potser una certa categoria, de parella. Tot i que ella ho havia fet públic al llarg del temps amb la frase «ell és el meu company», jo sempre m'havia negat a concedir-li aquest benefici i li repetia, dia sí i dia també, que no es fes cap tipus d'il·lusió, que no volia res gaire seriós i que allò d'emparellar-me de manera formal, o d'una manera formal com es pot entendre des del punt de vista de la correcció política, no lligava amb mi ni amb la meva manera d'entendre les coses. Tot i això, feia ben bé sis o set anys que anàvem junts. En el fons, el que realment em passava era que ella estava en un punt vital radicalment contrari al meu. O, potser, pensar-ho així era per a mi l'excusa perfecta davant aquella por al compromís que sempre m'havia aclaparat. Ara bé, per molta paciència amb la qual m'hagués carregat o per molt temps que l'hagués fet esperar, mai hauria acabat acceptant la seva proposta: tenir una relació més estreta, qui sap, potser solament tenir una relació més normal i corrent basada en la pila d'anys que feia que estàvem, d'aquella o d'aquesta manera, junts. Potser no n'havia estat mai enamorat, però tampoc crec que m'hagués enamorat mai de ningú. Quan vaig tornar, ella va insistir molt a veure'ns en persona i va replicar-me de totes les maneres possibles que ho havíem de fer amb urgència. Amb l'orgull mal entès que em caracteritza o em caracteritzava, me la vaig espolsar de sobre amb la condescendència habitual amb què la tractava. La meva resposta va ser un no unilateral.

Segon, em vaig acomiadar dels quatre amics comptats. Eren quatre, literalment. A ells sí que els vaig dedicar un parell de cerveses al Piper's, tot i que per gust m'hauria quedat tot el sant dia al llit. Després vaig allargar la baixa tant com vaig poder, vaig recomanar un substitut temporal –i mileurista– per al meu lloc a Internacional en aquell diari de gran tirada, vaig deixar la fal·làcia de ser pacient d'aquell psicòleg i vaig marxar del pis de l'Eixample. A cagar. Vaig abandonar la vida que havia intentat construir fins llavors, encara que ja no em semblava gens atractiva a hores d'ara. Tot i això, ben mirat, fins llavors la meva vida sempre havia estat a mig construir. Ho vaig engegar tot a prendre pel cul. L'únic que no vaig deixar van ser les pastilles.

Uns quants dies més tard em vaig traslladar a la ciutat on vaig néixer, Lleida. Vaig bloquejar el contacte del mòbil de la Carlota, que no feia altra cosa que trucar-me dia i nit, i vaig pensar a suïcidar-me. Primer ho vaig pensar, després vaig trobar més raons per fer-ho.

2

RUÏNES

Entrevista a Anna Lloret.
Transcripció del minidisc 3: minut 16'05

ANNA: *Estava asseguda rumiant. Ja no sabia com seure, la veritat. Potser estava pensant en Mollerussa o en la boda o en quan estudiava psicologia a Tarragona... no ho sé exactament. Però sé que em va mirar molt malament i em va fer un crit per avisar-me. Vaig tornar a sentir molta por, perquè va fer una cara com si m'anés a matar. Llavors em va dir que em tapés.*

FERRAN: *Què t'havies de tapar?*

ANNA: *Primer no ho entenia, però de seguida em vaig tocar els braços i vaig veure que se'm veia l'espatlla perquè el jersei que portava tenia el coll molt ample. Em vaig tapar volant i ell es va tranquil·litzar. Després, em va començar a fer mal el cap de l'ensurt.*

* * *

El gust rovellat de la sang, com quan t'has mossegat el llavi. Gust de monedes velles sobre la llengua. Era com si m'hagués esquinçat la gola. M'havia pres tantes pastilles que tenia la sensació d'haver-me lesionat l'esòfag. Tampoc m'importava gaire prendre mal a aquelles altures de la pel·lícula. Ja que les tenia a mà, no se'm va acudir millor manera de fer-ho que amb una sobredosi. Vaig enviar coll avall en menys de cinc minuts un grapat de pastilles Surmontil i per engolir anava fent glops de ginebra. De la cara, però. D'aquella amb la qual es fan gintònics amb cogombre o merdes per l'estil. Aquesta va ser la idea més original que se'm va acudir per palmar. Res que no hagués vist mai abans a la tele. El Surmontil, per ser més exactes, va ser l'antidepressiu tricíclic que es va detectar en l'autòpsia del ciclista Marco Pantani. Una concentració d'1,7 micrograms per mil·lilitre de sang ja representa que és tòxica. En el cadàver solitari de l'escalador italià s'hi va trobar una concentració de 2,9 micrograms. Què hi farem? M'encanta bussejar per les hemeroteques: gangues de l'ofici. Si li va funcionar a ell, bé em podia servir a mi.

Quan em vaig despertar a la Unitat de Cures Intensives de l'Hospital Arnau de Vilanova, una infermera de guàrdia em va explicar que els meus pares i el meu cunyat m'havien portat inconscient, i que m'havien fet una rentada d'estómac i em mantindrien unes quantes hores en observació. D'un no res, m'havia anat. La veritat és que en aquell moment em vaig cagar en tot el santoral, contrariat. El súmmum que un suïcida de la meva mena pot experimentar és fracassar en el seu intent i a sobre que te n'informin tan bon punt obres els ulls intubat de sèrum a l'hospital on vas néixer. Recordo que, just després de despertar-me, em va envair una sensació de vergonya profunda, ja no tant pel que pensaria el meu entorn quan se n'assabentés, sinó pel fet de veure'm estirat en aquella UCI amb aquella camisa de dormir que em deixava una obertura posterior amb el cul a l'aire. Era evident que allò d'ensenyar les natges no era el que més em preocupava, però la boira del meu cervell em causava turbulències perceptives de tots els gustos i colors. Definitivament, creia que havia perdut la xaveta. Cada cop tenia més manies i més menjades d'olla.

Tot o gairebé tot té un perquè. Pocs dies abans d'haver-me intentat matar, havia llogat a un preu raonable un estudi petit a tocar del carrer Major. A Lleida hi tenia tota la família i tota la meva història de nen i de jove. Hi havia viscut els primers divuit anys de la meva existència, just abans de marxar a estudiar periodisme a la Universitat Autònoma. En aquell moment, atrapat en mi mateix i en els records de la meva estada a Síria, tornar als orígens em va semblar que podia alleugerar el meu malestar. Ni que fos una mica. I per això encara vaig ajornar un xic la meva mort premeditada. Havia dedicat aquells primers dies a dormir. Tal qual. Tothom a Lleida havia intentat ajudar-me: els meus pares, els meus germans, les cunyades i el cunyat. Fins i tot els meus nebots. Ningú havia aconseguit, de moment, fer-me tornar a tocar de peus a terra. Jo tampoc havia fet cap esforç per res, per què enganyar-nos: no em deixava ajudar de cap manera. M'havia tancat totalment en banda. A més a més, mai havia estat una persona gaire sociable, i en aquella situació mental encara menys. I la cosa va anar empitjorant. De seguida vaig adonar-me que el meu primer pensament irracional que relacionava Lleida amb la cura dels meus mals era inexacte, i per això mateix em vaig deixar tornar a emportar per la melangia que em dominava i em vaig convertir, en un tres i no res, en aquell mort vivent que havia tornat d'un país on hi tallava el bacallà Baixar al-Assad. Però a banda de la simptomatologia que arrossegava i que m'havia fet perdre l'oremus, va ser una visita inesperada la que em va fer apartar totes les pors i els dubtes i buscar la mort com a solució final. Després d'aquella trobada va ser quan vaig decidir convertir-me en un suïcida.

Com sabeu, feia anys que la Carlota, amb qui havia partit peres, i jo sortíem. Utilitzo el verb «sortir» perquè ja he explicat que en cap cas mai vaig voler acceptar que aquella havia estat una relació sentimental amorosa, tot i tenir molts (o la majoria) de trets que caracteritzen una parella formal. Fer anar aquest verb més soluble em feia sentir falsament segur i falsament prou valent per marcar sempre el territori de confort i frenar les seves expectatives d'anar a més. Evidentment, durant tots aquells anys van produir-se moltes crisis, diverses infidelitats –especialment per part meva– i situacions desagradables. Però, per inèrcia segurament, seguíem junts. Fins que, és clar, al tornar de Síria vaig apartar-me radicalment de tot allò que m'havia envoltat fins a aquell moment. Inclosa ella.

El matí abans d'intentar-me suïcidar la Carlota es va presentar al meu apartament de Lleida. De sorpresa. Vaig obrir la porta i mirant-la amb cara de fastiguejat la vaig fer entrar. En silenci, tots dos ens vam asseure en dues cadires que encara conservaven el plàstic de compra al tapís. Me la vaig tornar a mirar a la cara i li vaig preguntar què volia i si no li havia quedat clar que, per a mi, el que hi havia entre ella i jo s'havia acabat i que tenia molts altres problemes per resoldre que no pas una relació que mai m'havia satisfet. Vaig afegir que haver fet aquell viatge des de Barcelona havia estat endebades. Ella va contestar:

–He vingut aquí perquè t'he de dir una cosa més important del que et sembla.

Davant d'aquesta primera resposta, que en el fons em va impactar més del que m'hauria imaginat perquè era la primera vegada que sentia la seva veu en molts dies, no vaig saber reaccionar d'altra manera que recolzant l'esquena al respatller i abaixant la mirada per sota de les ulleres. Ella va afegir que m'havia estimat molt, potser massa, però que ja s'havia forçat a deixar-ho de fer perquè s'havia adonat que jo era un egoista de cap a peus, un cabró, va detallar; aquí va agafar la bossa de terra i se la va col·locar sobre la falda per sentir-se més segura, o potser més protegida. Em va explicar que li sabia molt de greu allò que m'estava passant i que li hauria encantat ajudarme.

–A mi també em sap greu –li vaig contestar sense sentir cap mena de penediment real–. Però ja et vaig dir que no volia que seguíssim sent parella. M'entens, oi? Crec que això ja estava parlat.

La Carlota va agafar fort les nanses de la bossa i va redreçar les natges per seure en un angle recte, un angle perfecte i hieràtic, alineat amb una tensió a les cordes vocals fins al punt de l'ancoratge, com si les paraules que tenia explotant a la boca m'anessin a mossegar al bell mig de la jugular.

–Egoista –va asseverar amb veu de plom.

–Ja en tinc prou! De què vas –li vaig replicar. I vaig alçarme de la cadira assenyalant-li la porta.

Ella va cridar com mai li havia vist fer-ho abans:

–Seu! –va xisclar–. Seu i escolta, collons!

Vaig tornar a la cadira, potser més per curiositat que per esfereïment. Encara amb la tibantor del seu crit, va abocar el discurs:

–No sé ben bé què et va passar a Síria... sols sé que tens una marca a la cara, per Déu! I això tampoc has volgut explicar-m'ho durant aquest temps. Has de saber que si et fixessis més en allò que t'envolta la vida t'aniria millor. Solament parles en primera persona! Tu, tu, i tu i ja n'hi ha prou. Ara sóc jo qui et dic que hem acabat.

Tot seguit, va ser ella la que es va alçar, va sortir com una bala i abans de desaparèixer escales avall darrere d'un cop de porta em va anunciar que jo n'era el pare. Li vaig demanar un simple «com?».

–Estic embarassada.

Aquella tarda, vaig acabar d'embogir davant d'aquell paquet de Surmontil. La resta del que va passar les hores següents ja la sabeu.

3

INCITACIÓ

Entrevista a Anna Lloret.
Transcripció del minidisc 4: minut 02'31

FERRAN: *I et feia mal el cos, no?*
ANNA: *Mira si em feia mal que m'agafaven ganes de plorar. Del mal, eh? També per la impotència i el cansament. Una vegada, em van començar a caure les llàgrimes i vaig intentar dissimular-ho, però en Burger se'n va adonar i em va preguntar per què plorava. Em vaig eixugar les llàgrimes i prou. No li vaig respondre.*
FERRAN: *I no es va ofendre, el terrorista?*
ANNA: *Va fer com si res. Jo vaig encongir les espatlles i ell es va limitar a seguir allí dret, vigilant-nos amb el fusell als braços.*

* * *

Quan em van donar l'alta, vaig tenir uns dies de calma o, com ens agrada dir als periodistes, de calma tensa. La meva família em seguia els passos de ben a prop tot i la meva resistència o, més ben dit, la meva tossuderia irracional a no deixar-me ajudar ni acompanyar en un procés certament difícil. La veritat, un no se n'adona de la importància que pot tenir la família íntima –la més íntima– en moments com aquest. Bé, sí que se n'adona, però ho fa tard, empès per la irremeiable perspectiva que atorga el pas del temps. Els més propers a mi, tot i que jo sentia tot déu molt lluny, a la quinta forca, mantenien un recel lògic. Creien que podria tornar-ho a repetir, a caure i provar de llevar-me la vida de nou. Sigui com sigui, en aquell primer moment, després de l'intent de suïcidi, em vaig sentir un pèl més eufòric, un pèl més tranquil. Un assossec fictici, ja que el sobresalt d'una intoxicació de pastilles fallida només feia que emmascarar el trauma real que desfilava solemnement pel meu interior. Poc duraria aquella pau. De seguida, Síria se'm va tornar a aparèixer com un espectre fantasmal. Dia i nit. Una gota malaia que no vaig tornar a combatre amb Surmontil, sinó amb una deixadesa més profunda i molt més arrelada que la inicial.

Altre cop enfonsat en el que per a mi era la puta misèria, vaig intentar posar-me en contacte amb la Carlota. La nostra darrera trobada, hores abans de la meva intoxicació, m'havia començat a importar més del que ho hauria fet en una altra època, l'època en què al meu mirall sols s'hi reflectia un estúpid. La seva reacció, poc mesurada i impulsiva, em feia dubtar: realment estava embarassada o havia intentat mentir-me com a forma de càstig? Sempre l'havia tractat amb un menyspreu latent, però la coneixia bé: no acostumava a actuar sense pensar-se les coses dues vegades. El que m'havia dit, que en pocs mesos seria pare, era molt gros. Ho pensava i ho repensava i me'n feia creus. De fet, m'intentava autoenganyar fent veure que el que m'havia dit era una espècie d'imaginació meva o una invenció seva per escarmentar-me. En aquells dies de desídia absoluta, de negar-me a rebre qualsevol tipus d'assistència mèdica o terapèutica, vaig provar d'enviar-li missatges que encara guardo, després de desbloquejar el seu contacte, alguns whatsapps com aquests:

Carlota

Hola, Carlota! Com estàs? Jo encara sóc per Lleida. M'agradaria molt parlar amb tu. Em vaig kedar preocupat. 16:45 ✓

M'agradaria parlar-ne... En sèrio!
Et vull demanar disculpes.
No stic gaire bé darrerament... Diga'm si ens podem veure 1 dia daquests. 16:47 ✓

No vaig obtenir cap tipus de resposta. El doble *check* mai va aparèixer a la meva pantalla del mòbil. No em llegia els missatges o no me'ls volia llegir. Vaig insistir amb alguns missatges més, tampoc gaires, fins que vaig desistir i per no crear-me més malestar em vaig convèncer a mi mateix que, d'embaràs, res de res. Ella m'ho hauria dit, tard o d'hora. I també calia assumir que s'havia enfadat com una mona, i no li faltaven raons. Llavors sí que vaig decidir tallar el contacte amb ella d'arrel. Després d'aquella situació, vaig perdre dotze quilos en pocs mesos i em vaig deixar d'afaitar.

Si un home es crema la cara amb el grau d'intensitat que jo me la vaig cremar a Síria, perd el pèl de la barba d'aquella zona afectada. La cicatriu, o la cremada que em va quedar a la galta dreta, arran del llavi, era així. Concretament, de tercer grau. Portava una barba prou llarga i espessa perquè em cobrís el rostre, excepte en aquella zona i perquè el contrast fos encara més evident. L'espai de la cremada quedava, per tant, nu. Els metges em van explicar que la ràbia del foc m'havia arribat a penetrar més enllà de la capa de la dermis on s'alberguen els fol·licles pilosos i m'havia deixat un forat molt evident, entre bru i rosat, un senyal que s'accentuava amb aquella absència d'afaitat que lluïa des de feia molts dies. Tot i ser una lesió dels teixits facials important, la fortuna havia fet que la cicatriu no em quedés molt arrugada o molt antiestètica. Això sí, la tindria per sempre. Era d'uns dos centímetres i mig d'alt i d'ample, i tenia una forma ben curiosa, amb el mateix relleu que una illa dibuixada sobre un mapa de cartró. Era com si m'haguessin imprès una serigrafia o m'haguessin estampat a la galta un gravat extret d'un atles de fons editorial. Me la mirava sovint al mirall. Escrutava amb deteniment la cicatriu envoltada de barba. L'investigava a diverses distàncies durant hores, perdent el temps. Fins a l'extrem que, buscant per Google Maps, vaig arribar a trobar un punt concret del planeta amb la mateixa forma exacta que la marca de la meva cara. Semblava que duia tatuat l'atol de Cosmoledo, a l'oceà Índic, un atol, per cert, que pertany al grup de les Seychelles. Està format per un anell de nou illots que abracen un llac interior i salat de setze quilòmetres de llarg. El sol fet de pronunciar la paraula *atol* pot evocar un paradís, una visió estereotipada d'un catàleg de viatges. Però, realment, l'efecte que em produïa aquella lesió cutània era totalment el contrari. En repassava el contorn amb els dits com si fes cartografia sobre la meva cara. Em fixava en la part sud-est de la pell, on l'anell d'illes deixava una obertura per on passaven els corrents marítims a molts metres de profunditat i on la meva barba, com algues en perill d'extinció, s'intentava infiltrar sense èxit en la llacuna interior. A la zona més septentrional, els plecs de la cremada es comportaven com esculls coral·lins, afuats i rugosos. Al Cosmoledo real no hi ha habitants, excepte alguns ocells d'uns plomatges vistosos. El meu Cosmoledo també és un paratge desert de vida humana, un lloc aïllat de tot i de tothom on el gran oceà no permet que res s'hi apropi. L'atol és un paradís fet presó si cap vaixell no et rescata. En aquell apartament llogat de Lleida, jo també era un nàufrag, apartat del món, sol i aïllat. Vaig estar molts dies davant d'aquell mirall del lavabo com un estaquirot, veient com m'anava creixent la barba com la vegetació quan es fa frondosa i feréstega. L'atol de carn tatuat em recordava cada dia, com una martellada, l'estigma d'on provenia. Fins que un matí, passades algunes setmanes, vaig decidir afaitar-me sense cap mena de motiu. Vaig omplir la pica d'aigua tèbia i sobre el marbre blanc vaig disposar amb ordre la Gillette, l'escuma i l'*aftershave*. I just quan em disposava a realitzar una activitat aparentment rutinària, però que en aquell moment em suposava un esforç titànic –a banda d'una dotzena de quilos, també havia perdut la força i la força de voluntat–, va sonar amb estridència el porter automàtic. Trucava algú que feia molts anys que no veia. Vaig obrir la porta de l'entrada. Va pujar les escales –que feia poc temps havia baixat corrents la Carlota– amb les passes d'un ós formiguer. Era en Pau Echauz, el corresponsal de *La Vanguardia* a les comarques de Lleida. I va revifar en mi una mica d'esperança, tot i que en aquell moment encara no ho sabia, o no ho sabia del tot.

Coneixia en Pau des de feia molt, des dels meus inicis com a periodista local, més ben dit, com a becari local al mateix diari, i per mi sempre havia estat un dels primers referents en l'ofici. Quan vaig fer el salt professional cap a Barcelona vam perdre el contacte estret que teníem, però el nostre vincle d'amistat sempre es va mantenir i s'ha mantingut. De fet, en Pau sempre ha estat d'aquells homes que he considerat com un mestre, i ell, per la seva banda, sempre m'ha vist a mi com un alumne o un deixeble. Aquesta relació d'admiració i de respecte mutu s'ha traduït en la manera que ell vol que l'anomeni. En Pau Echauz s'enfada si li dic Pau, ell vol que l'anomeni Tiet Pau. Ell podria ser perfectament el meu pare, però si te'l mires bé sembla que tingui l'edat del meu avi. És gros i alt, s'arrossega un pèl quan camina, amb una cabellera blanca com la neu, clàssic en el vestir i amb uns ulls mig tancats i miops que fa anar per sobre de les seves ulleres amb la puteria de ser un gat vell. També és un d'aquells periodistes dels quals ja no en queden gaires i que de tant en tant festegen amb la dipsomania, o almenys a mi sempre m'ho ha semblat. I això és el que constantment hauria volgut ser, i no pas un periodista més proper a un oficinista de caixa d'estalvis com aquell en què m'havia convertit, tot i anar d'enviat a Síria.

Quan va arribar al replà de l'escala, amb el fetge a la boca, em va mirar de cap a peus i amb el poc aire que li quedava als pulmons va exclamar:

–Per l'amor de Déu, Ferran! Fes el favor de vestir-te! –Gairebé no havíem intercanviat un bon dia i ja m'estava esbroncant amb la seva veu d'espècie ronca–. Fot-te de pet a la dutxa i acompanya'm a fer el vermut. Va! Ja trigues! I no diguis ni mu!

Vaig somriure per sota el nas i ens vam abraçar en silenci. Tot seguit, vaig despenjar de l'armari mig muntat de l'Ikea les quatre peces de roba amb què vaig topar primer i les vaig llançar a sobre del llit de mala manera. Llavors, vaig buscar una tovallola de bany en una de les caixes de la mudança que encara no havia desempaquetat. Malhumorat, em vaig mirar el Tiet amb cara de perdonar-li la vida.

–No em miris així! Si els de casa teva em truquen i em diuen que necessiten que els ajudi amb aquest fill seu que sembla un zombi, jo ho faig, m'explico? –va solemnitzar mirant l'hora del rellotge de polsera–. Fas patir els qui t'estimen, i no s'ho mereixen. I qui menys s'ho mereix ets tu, cap de cony!

Com que el Tiet m'obligava a sortir de casa, ja vaig treure'n partit –aprofitant l'avinentesa– i em vaig acabar afaitant i dutxant. Un cop vestit, vam baixar al carrer, a poc a poc, i uns quants metres més enllà, enduts per la riuada de gent del carrer Major, vam topar amb la plaça Sant Joan. Sense parar-nos a pensar gaire, vam seure a la terrassa atapeïda de Lo Marraco; si fa sol, a l'hora de l'aperitiu, trobar lloc a les taules de fora és tota una fita. Havíem estat de sort.

–Los d'aquest bar mira que foten lo vermut bo, però són més lents que una tortuga! –va remugar.

Llavors, va girar el coll i va alçar el braç:

–Nena! Nena! Lo jove i jo volem dos vermuts... i porta'ns unes olivetes.

–Tiet... no hauria de prendre alcohol. No estic en condicions –li vaig dir, prudent.

Em va mirar de cua d'ull i mentre la cambrera ja s'adreçava a la barra de dins la va tornar a cridar.

–Nena! No ens posis dos vermuts! Que siguin dues canyes! –I llavors va somriure mirant-me fixament–. Així que dius que la cicatriu no et marxarà?

Li vaig explicar que la cremada havia estat molt greu i que aquella marca se'm veuria la resta de la meva vida. També li vaig fer cinc cèntims de l'horror que havia viscut a Síria i com de desgraciat em sentia ara per no superar aquell viatge:

–Em va estranyar que al principi no passés res. Els primers dies, Alep era una bassa d'oli. Tenia la sensació d'haver-me equivocat de ciutat. Hi ha gent que d'aquest tipus de situacions en diuen la revifalla de la mort. Després vaig entendre que aquella situació de repòs és la mateixa que es produeix abans d'un tsunami: el mar es queda totalment en calma una bona estona, però en el fons és l'adveniment de la gran tragèdia. Després arriba la gran onada que ho extermina tot al seu pas.

I sobretot, amb un nus a la gola, li vaig confessar que no tenia ganes de tornar a exercir de periodista i que res em feia il·lusió. El Tiet va fer el primer trago de cervesa i va dir:

–I si escrius un llibre?

–Sobre què? –li vaig contestar–. Em sento incapaç d'escriure una sola ratlla.

El Tiet Pau em va explicar que feia temps que s'havia interessat a fer una novel·la basada en fets reals però que l'havia deixat córrer de seguida per excés de feina al diari. Ja ho diuen que no hi ha verins sinó dosis, i amb aquella petita porció d'estimulant que em servia el vell periodista sabia a la perfecció que em convertiria en un addicte de la història. I no estava equivocat: va continuar explicant-me que feia molt de temps, a principis de l'any 2000, havia cobert una informació sobre el segrest d'un matrimoni de Mollerussa a l'Afganistan. Resulta que van estar retinguts vuit dies a dins d'un avió a punta de pistola per cinc independentistes caixmiris de caire islàmic. Segons semblava, els van alliberar gràcies a les negociacions diplomàtiques entre els diversos països que hi estaven implicats, o, més ben dit, que s'hi van veure implicats. En l'aeronau hi havia 178 passatgers de diverses nacionalitats, i malgrat que l'escàndol internacional va ser monumental, els mitjans catalans no van donar-hi gaire importància més enllà de les simples informacions que arribaven per agències, i amb comptagotes. L'interès informatiu va durar poc més d'una setmana llarga, i després aquell cas va quedar enterrat i oblidat per nous titulars ampul·losos com el de la mort de la mare del rei Joan Carles I. El Tiet va afegir una dada crucial en el seu relat: «Conec bé la noia que estava en aquell avió.» Llavors, davant la meva estupefacció, va demanar una altra ronda de cervesa, em va remarcar que fes el favor de menjar més perquè se'm veia sec com una ascla, va treure una petita agenda de contactes de l'infern de l'americana i em va apuntar el mòbil d'aquella xicota en un tovalló de paper.

–Truca-li. És una història interessant! Prova d'escriure el llibre que jo no vaig escriure. T'anirà bé per les neures.

Va allargar el braç amb el bocí de paper i me'l vaig guardar a la butxaca dels pantalons. Després, vam parlar de com estava el periodisme a Lleida, em va posar al corrent de les xafarderies i els rumors i encara vam ser a temps de fer una tercera ronda –no vaig poder-la rebutjar, encara que no em convenia–. A l'acomiadar-nos em va abraçar paternalment –i, de nou, en silenci– i en lloc del seu típic «adéu-siau» va murmurar porfidiós:

–L'Anna. Truca-li!

Al tornar a l'estudi, en un rampell, empès per les ganes de tornar-me a sentir periodista, em vaig connectar a l'hemeroteca digital de *La Vanguardia* per buscar les cròniques d'aquell segrest. Efectivament, els textos de principis del 2000 estaven signats per Pau Echauz. Em vaig aturar en un de concret on el Tiet recollia uns «consells pràctics per a segrestats». Si un s'hi fixa bé no deixen de ser unes declaracions de la mateixa Anna Lloret. S'hi llegeix que, si algun dia et trobes en una situació semblant, t'has de carregar de paciència, intentar no perdre els nervis, actuar amb serenitat, parlar amb la resta de passatgers –si en tens l'oportunitat– i sobretot, si pots parlar amb el teu segrestador, explicar-li coses sobre la teva família, sobre la teva vida, sobre els teus problemes. En definitiva, involucrar-lo en el teu món personal. També s'hi explica que és de ximples intentar fer-se el valent en una situació d'aquest tipus i que els experts han alertat de les conseqüències que podrien tenir els ostatges de l'Airbus durant la resta de la seva vida: moltes víctimes, després dels moments de pànic, s'evaporen cap a una dimensió d'al·lucinacions i fantasmes. Els segrestats tendeixen a percebre els esdeveniments que es desenvolupen davant seu com si es tractés d'una pel·lícula d'acció o de terror, molt més amenaçadors del que són realment. A més de poder patir la síndrome d'Estocolm, l'experiència podria provocar malsons, atacs amb nàusees, l'entumiment de braços o cames i una condició d'inestabilitat general que dificulten el retorn a una vida normal.

Els símptomes que explicava aquell article em sonaven, a fe de Déu. Jo sentia el mateix, o si més no una cosa ben semblant. Vaig seguir buscant informació sobre segrestos d'avions i sense adonar-me'n es va activar la curiositat adormida en algun plec del meu cervell: havia picat l'ham del Tiet Pau. Vaig creure que potser investigar una mica sobre aquells fets m'ajudaria a recuperar-me, o si més no m'entretindria, i així, qui sap, m'oblidaria de les meves càbales per un temps. Una estona indeterminada més tard, i després de remenar el cursor amunt i avall per planes web de mig món, vaig treure'm dels texans el tros de paper que m'havia donat el Tiet. El vaig estar observant mig segon i vaig marcar el número de l'Anna Lloret. Amatent, em vaig apropar el telèfon a l'orella: donava senyal.

4

MORFOLOGIA

Entrevista a Anna Lloret.
Transcripció del minidisc 7: minut 13'05

ANNA: *Saps allò que diuen que et passa la vida per davant com una pel·lícula?*
FERRAN: *La pel·lícula de la teva vida abans de morir...*
ANNA: *Em va passar quan es va asseure al meu costat. Em va apuntar amb la pistola a les costelles, em premia molt fort el canó. Sense solta ni volta, em va dir que si no feia tot el que m'ordenava que fes em mataria... perdona... vaig a buscar un... necessito parar una mica.*
FERRAN: *Parem. No et preocupis. Tranquil·la.*
(Soroll de fons; beu aigua.)
FERRAN: *Millor?*
ANNA: *Sí... per on anàvem?*

* * *

Nascuda l'any 1972. Un 7 de juliol. Tot i que ella celebra el seu aniversari dos cops l'any. També ho fa cada 31 de desembre. L'Anna és fina com l'escletxa d'una porta ajustada. Té els cabells rinxolats del color de la tardor més freda i un somriure tímid, blanc i ordenat, que se li forma a la cara quan els seus ulls desperts –i miops– escruten un interlocutor amb el qual se sent a gust. És més, el seu cos és el reflex del seu caràcter tirant a introvertit. La seva fragilitat exterior resulta atractiva *per se* i també perquè, en el fons, emmagatzema una personalitat molt treballada a base d'anys. La seva constitució de clivella marca moltes distàncies inicials. Fins que ella ho decideix –sempre ho determina ella–, un s'ha de quedar quiet al seu llindar. L'Anna no et deixa creuar la porta cap al seu món interior fins que no passen uns quants dies o fins que ella ho té del tot clar, o li sembla que ho té del tot clar. Amb ella, la confiança es guanya a mig fons i a foc lent, tal com bull el te d'herbes que es prepara cada dia. Se sent més còmoda en el rol d'observadora o d'oient, ja que no és d'ella de qui es parla. A més a més, és escrupolosa a mantenir de peu el mur que separa la seva vida personal de la seva vida professional. Costa molt que l'Anna abaixi la guàrdia. Fins que l'abaixa.

Mollerussa és una ciutat que es comporta com un poble. Aquell divendres, tal com havíem convingut per telèfon pocs dies abans, vaig anar-hi per la Nacional II per veure'm i per parlar amb ella: havia acceptat que l'entrevistés. M'havia deixat el cotxe el meu cunyat, un Renault Scénic de color blanc i amb una cadireta de nadó al seient del darrere, que vaig haver d'aparcar en zona blava. Tot està infectat de zones blaves en aquella ciutat.

Com és habitual, vaig arribar abans d'hora a la trobada. És una mania que sempre he tingut: fer cap a les cites amb molt temps d'antelació. Aquest costum que la majoria de vegades era un avantatge, perquè feia que amb paciència i temps pogués pentinar la zona amb ulls de periodista, s'havia convertit, amb aquell trastorn que em colonitzava el sentit comú, en una molèstia més de les que ja tenia. Per acabar de fer temps, però, vaig passejar carrer amunt i carrer avall fins que se'm va fer l'hora.

En punt, em vaig plantar davant de la porta d'entrada del seu despatx. Era –o més ben dit és– un edifici de nova construcció de maó a paret vista de tres plantes i àtic. El despatx de l'Anna es troba a dalt de tot. Em vaig quedar de pedra quan vaig llegir la placa: «Anna Lloret. Psicòloga». O era una casualitat, un capritx del destí, o el Tiet me l'havia fotut. Encara que, ben mirat, no tenia res més a fer. El fet que aquell despatx fos en realitat una consulta no m'havia de frenar.

Vaig accedir a l'edifici –la porta era oberta– i vaig carregar el meu cos cada cop més esquelètic a l'ascensor, i amb el dit cor vaig prémer el botó que em va conduir de cap a l'últim pis. A l'arribar-hi, una pacient sortia del despatx de l'Anna i també em va deixar la porta oberta. Totes dues portes eren obertes –dalt i baix–. La tercera que em trobaria més endavant en aquella consulta del carrer Ferrer i Busquets costaria una mica més de creuar. Vaig irrompre amb passes insegures en un rebedor blanc i il·luminat, gens decorat, auster, amb ulls de bou, que escopia cap a un passadís –no gaire llarg i també blanc, il·luminat, gens decorat i auster– on al fons s'hi veia el despatx pròpiament dit de la psicòloga. Vaig creuar aquells escassos metres i vaig picar a la porta amb una delicadesa extrema.

–Entra, entra! –va dir des de dins una veu clarament marcada per un accent de la zona.

Vaig endinsar-m'hi en silenci. La primera sensació que vaig tenir va ser ben diferent dels records que guardava del meu terapeuta de Barcelona, que feia que tingués una mala idea dels psicòlegs. De fet, el rebuig inicial que em produïa aquell lloc i aquella noia es va esvair als pocs minuts de ser allí.

El despatx contrastava amb la resta de l'àtic. El que crida l'atenció –i en aquell moment me la va cridar i molt– són els quadres penjats a les parets. Més tard, en les llargues converses que mantindria amb aquella dona encara desconeguda, sabria que els pinta ella. Aquell espai de la Lloret em va semblar ampli i quadrat, amb una finestra a mà esquerra per on hi penetrava la claror del migdia.

A banda del carregament de quadres, hi havia algunes estanteries amb llibres i manuals. Ella seia a la taula de feina, al fons de la sala. Vaig observar un escriptori de fusta massissa amb un petit pot de llapis, una tassa, un llum de braç flexible i un portàtil en marxa que li il·luminava part del rostre. A les seves ulleres ovalades hi vaig veure el reflex de la safata d'entrada del seu correu electrònic. L'Anna em va mirar i va plegar l'ordinador. Va fer un gest petit amb la barbeta, saludant-me. Jo sabia com era físicament perquè l'havia vist a les pàgines dels diaris antics, però ella no sabia el que es trobaria. Tot i els anys que ja havien passat des d'aquelles instantànies d'hemeroteca, no semblava –a primer cop d'ull– que haguessin passat gaires primaveres per a aquella dona. La segona sensació que vaig tenir va ser que ella era l'escletxa d'aquella porta metafòrica, ajustada, per on simplement s'hi filtrava un filet de llum tènue que amb prou feines deixava entreveure què hi havia darrere o, més ben dit, què hi havia dins del seu món interior.

–Crec que algun cop he llegit algun article teu –em va confessar.

–Uff... quina vergonya!

A banda de fer-me envermellir, em va demanar el motiu exacte de la meva visita, i em va alertar que sentia una certa animadversió cap al gremi periodístic.

–No tots som iguals –em vaig justificar–. Sincerament, a mi em passa el mateix amb els psicòlegs.

–És clar. Les típiques generalitzacions... –va contestar traient-hi importància.

Conscient que no havia entrat amb gaire bon peu, vaig deixar la jaqueta delicadament al respatller de la cadira i vaig seure, com m'havia demanat. Teníem la gran taula de frontera entre tots dos. Tal com li havia explicat per telèfon, li vaig fer cinc cèntims de com el Tiet m'havia suggerit –per no dir incitat–

que l'anés a veure perquè considerava que la seva història era molt interessant.

–Conec bé en Pau. És un dels pocs que ens va tractar amb dignitat –em va assegurar–. Així que ell t'ha explicat qui sóc jo?

Li vaig dir que sí i que estava passant per una època estranya, de sequera creativa i ànim baix, i que potser ella em podria explicar què li va passar a l'Afganistan. La meva intenció era poder-ne fer una novel·la si hi veia prou suc, i d'aquesta manera poder recuperar una mica la confiança en mi mateix.

–Una novel·la... –va repetir–. Sí, alguna cosa m'ha explicat en Pau.

–Hi has parlat, llavors?

–Sí, m'ha trucat aquest matí –em va respondre.

Em vaig adonar llavors que el Tiet havia estudiat la possibilitat d'escriure sobre ella però que el projecte mai havia acabat de quallar. Potser no havia gosat creuar el llindar. En el meu cas, ja havia creuat tantes portes que vaig pensar que n'havia de creuar una més. Si anava malament, més avall ja no podia caure.

–En Pau m'ha explicat que la meva història et faria bé però que em miraries amb la cara de sorprès que t'estic veient, perquè no ets gaire amant dels psicòlegs. Una mica el que em passa a mi amb els periodistes, vaja.

–*Touché* –vaig respondre amb ironia.

–La idea em sembla bé –va dir ella–. Ara, que depèn de com l'enfoquis, és clar...

Vaig intentar reconduir la situació; percebia que parlar sobre el seu segrest se li podia fer feixuc de bones a primeres.

–Anna, si més no, explica'm quines van ser les teves sensacions –li vaig manifestar com aquell qui res.

Ella va fer cara de rumiar-s'ho uns segons, però de seguida –i per a sorpresa meva– va respondre a la meva petició deixant-se anar una mica.

–L'única cosa que podia esperar d'aquell avió i d'aquells segrestadors era morir –va dir–. És per això que hi va haver un moment que em vaig acomiadar mentalment de tothom. Vaig veure clar que no sortiria d'allí dins. Però és clar que vaig sortir d'allí, si no no estaríem parlant, oi? Haver sobreviscut al segrest em fa pensar sovint que estic vivint uns anys de propina. Just els mesos després de l'alliberament, em veia com una espectadora de la vida, m'entens? Vull dir que feia les coses normals que havia fet com sempre però no m'hi reconeixia.

–Aquesta va ser la teva manera d'afrontar el trauma, m'equivoco? –li vaig preguntar encuriosit–. O la manera com la va afrontar el teu subconscient, no?

–Potser sí. Mira, com et deia, durant els primers mesos després de l'alliberament tenia la sensació que era una espectadora asseguda a la platea d'un teatre i que la gent actuava. I em repetia a mi mateixa: «Com pot ser que jo sigui a casa i a sobre estar viva?» Per mi aquell segrest va ser un punt d'inflexió. És l'origen de les coses, o sigui, la reorientació de la meva vida. A Kandahar vaig tornar a néixer... saps del que parlo, oi? Imagina't amb totes les teves forces que d'aquí a un minut et moriràs...

–D'acord. No em sembla gaire difícil –vaig dir ficant-me en el paper, un paper conegut, d'altra banda.

–Però passa aquest minut on t'has convençut que s'acabava tot i resulta que no passa res, que tot segueix igual. Llavors t'adones que és com si tornessis a la vida. És renàixer, malgrat que l'expressió s'utilitza molt a la lleugera. Si tens la mort a la cara, una mort no buscada, i no t'aconsegueix traumatitzar, t'ho replanteges tot! Potser en el meu cas va anar així perquè sóc d'una manera que em recupero bé de les situacions estressants. D'això se'n diu resiliència, en psicologia. Tot i això, jo me'n vull recordar sempre, d'aquells vuit dies. Són com un abans i un després. Quan vaig tenir la certesa que la meva vida continuava, tenia dues opcions: enfonsar-me o seguir vivint. Vaig escollir la segona. Just al baixar de l'avió em vaig dir a mi mateixa: «Anna, potser que comencis a pensar com vols viure la vida a partir d'ara.»

–Així, tan fàcil? –li vaig preguntar.

–No, home! És un procés. Per exemple, durant un temps em pensava que els terroristes vindrien a Mollerussa a acabar la feina.

–Acabar la feina? Què vols dir, Anna? –vaig seguir burxant perquè parlés.

–Tenia la sensació que un dia em trobaria un dels segrestadors pel carrer i em mataria. Però aquell pensament va durar poc temps, i més tard vaig entrar en una fase nova on les coses no em feien ni fred ni calor. No era que m'hagués tornat apàtica, sinó que suposo que, com que m'havia acomiadat de la vida en aquell avió, el meu cap s'estava adaptant una altra vegada. Fins i tot em passava una cosa molt curiosa: quan em raspallava les dents, em costava reconèixer-me al mirall. Però saps què em tranquil·litzava? Que menjava bé i dormia bé! Volia dir que no hi havia cap trauma al meu interior.

–Anna... jo també vaig estar molts dies mirant-me al mirall, sense fer res més que observar la cremada –li vaig dir.

–És lògic –em va respondre ella sense preguntar-me el perquè. Potser l'intuïa o potser l'hi havia explicat el Tiet.

–I la gent de Mollerussa? –vaig pidolar amb to xafarder–. Què et preguntaven els teus pares, els teus amics, els teus veïns...?

–Res. No vaig explicar res. M'ho vaig quedar per a mi sola. El que sí que recordo és que vaig passar molta vergonya quan vam arribar a Mollerussa el dia de Reis, després d'haver fet una roda de premsa a l'aeroport del Prat. No m'agrada ser el centre d'atenció, mai m'ha agradat. Si vaig fer tot allò d'atendre els mitjans va ser per deferència. I, a sobre, la premsa va estar unes setmanes assetjant-me a la porta de casa. A més, em trucaven per anar a la tele constantment!

–Quan va acabar aquell assetjament?

–Doncs mira, va ser gràcies a un consell del Carles Porta!

–El Carles Porta? El de *Tor* i *Fago*? L'escriptor? –vaig preguntar amb una veu vacil·lant.

–El coneixes, al Carles? –va dir l'Anna somrient.

–I tant que conec el Carles Porta! Els periodistes lleidatans ens coneixem pràcticament tots. Som una secta!

–Quan feia poc que havíem tornat de Kandahar me'l vaig trobar, i com que ell és periodista i és una persona propera a la meva família, li vaig preguntar com ho podia fer perquè em deixessin de seguir i de trucar a casa –va dir recordant l'escena–. Vaig seguir el seu consell i va ser oli en un llum. Ja no em van molestar més.

–Quin consell et va donar?

–«Així, dius que et truquen cada dia, Anna?», em va preguntar. Jo li vaig dir: «Sí, de tots els canals i també d'alguna ràdio. Em demanen que vagi a Madrid i que em deixi entrevistar. A més, n'hi ha un que no em para de seguir. M'espera cada dia al matí a la porta de casa i m'intenta convèncer.» Llavors ell em va contestar: «Si vols que et deixin en pau, accepta una entrevista. Però sols una.» «I on vaig?», li vaig dir tota desconcertada. I va ser quan em va recomanar que optés pel programa de tele que em semblés menys agressiu dient-me: «Pensa el que et faci sentir més còmoda i acceptes l'entrevista. Ja veuràs com l'endemà de l'emissió la premsa perdrà tot l'interès en interrogar-vos». Així ho vaig fer. Vaig anar al programa del Jaume Barberà...

Tots dos ens vam quedar uns segons en silenci i amb la mirada mig perduda, segurament recordant les nostres vivències respectives. Després vaig intentar tornar a la càrrega.

–T'he de confessar que he estat mirant per internet el que es va publicar quan et van segrestar –vaig dir intentant trencar el silenci–. Hi ha un aspecte que em crida molt l'atenció. Molt!

–A què et refereixes?

Li vaig explicar que em sorprenia que el seu segrest s'hagués produït la vigília de Nadal del noranta-nou, i que pel que havia llegit la manera de capturar l'avió per part dels pirates aeris em feia pensar o malpensar –i molt– en atemptats i segrestos posteriors.

L'últim segrest comès en aquella zona entre el Pakistan, l'Índia i l'Afganistan es va produir un any abans que el de l'Anna. Va ser al maig del 1998: tres segrestadors es van apoderar d'un aparell de les aerolínies pakistaneses amb vint-i-nou persones a bord. I és que aquella zona sempre ha estat o ha semblat perillosa, fins al punt que en sis anys van haver-hi cinc segrestos significatius més. Així, el gener del 1993 un total de quaranta-vuit passatgers van ser retinguts en un avió per exigir l'alliberament de nacionalistes hindús. El març del mateix any, un home de religió sikh va amenaçar amb fer volar pels aires un avió indi amb cent noranta-dos passatgers, però finalment es va acabar rendint. No havia passat ni un mes quan un grup d'estudiants va segrestar un nou avió. Aquest cop, l'abril del 93, serien noranta els passatgers retinguts al nord de l'Índia. Ara bé, van ser els mateixos segrestats els que van aconseguir reduir els seus segrestadors. El mateix mes tindria lloc el quart segrest de la zona: un terrorista es va apoderar durant unes hores de cent trenta-cinc passatgers. El cinquè incident va tenir lloc el gener del 1994. Aquest últim segrest abans del de l'Anna va ser protagonitzat per un mecànic que va fer passar una mala estona als passatgers d'un vol en direcció a Calcuta tot exhibint una bomba falsa.

La dècada dels noranta va ser molt prolífica en segrestos aeris en diverses zones del planeta. Evidentment, no existien les mesures de seguretat precises que existeixen en l'actualitat, i és que cal tenir en compte que el punt d'inflexió va tenir lloc després de l'11 del setembre del 2001. Entre els segrestos aeris més importants dels anys noranta, n'hi ha de més rellevants que d'altres. Per exemple, el 2 d'octubre del 1990 un Boeing de la companyia xinesa Caac va ser segrestat. L'avió va explotar mentre intentava aterrar, quan va detonar-se una bomba dins l'aparell. Van morir 127 persones.

El 16 de maig de 1992, a pocs dies per als Jocs Olímpics de Barcelona, un avió colombià de la companyia Aerotaca que duia setze persones va ser segrestat per quatre guerrillers. L'endemà, els pirates aeris van executar tres militars que hi viatjaven i van alliberar la resta de passatgers. El 24 d'abril del 1993, va haver-hi un segrest que va començar d'una manera semblant al de l'Anna però va acabar d'una manera diferent. Un segrestador va abordar un avió indi que s'enlairava de Delhi, però el terrorista va acabar mort a trets per la policia i es va alliberar el passatge immediatament. Sis mesos més tard, quatre individus van segrestar un Airbus de Nigeria Airways amb cent cinquanta passatgers. Els segrestadors exigien la dimissió del govern militar del país africà. Després de retenir l'aparell durant tres dies, les forces de seguretat van assaltar l'avió i en van alliberar els tripulants.

L'any següent, i també el dia 24 de desembre, com en el segrest de l'Anna, quatre integristes islàmics algerians segresten un Airbus d'Air France –que cobria la ruta entre Alger i París– amb dues-centes quaranta persones a bord. Van desviar l'aparell fins a Marsella, on s'hi van estar cinquanta-quatre hores. L'operació d'alliberament es va convertir en una autèntica carnisseria: les forces franceses van matar tots els terroristes i van alliberar els cent setanta ostatges que quedaven a l'aparell.

El 23 de novembre del 1996, tres pirates d'Etiòpia s'apoderen d'un Boeing 727 que cobria la ruta entre Addis Abeba i Abidjan, i exigeixen volar cap a Austràlia. Els segrestadors van ignorar les advertències dels pilots sobre la manca de combustible i l'avió va caure a l'oceà Índic, a prop de les illes Comores. Van morir cent vint-i-tres persones i cinquanta-dues van sobreviure a l'accident.

Cinc mesos abans del segrest de l'Anna, un aficionat als simuladors aeris de vol segresta un Jumbo japonès amb set-cents disset ocupants i mata el pilot a sang freda quan es nega a desviar-lo a la base nord-americana de Yokota. El segrestador va acabar sent reduït pel mateix passatge.

Sembla que l'Airbus on viatjava l'Anna el volien fer estavellar, com si d'un projectil es tractés, contra els carrers d'alguna gran ciutat. A més, i sempre depenent d'aquestes poques especulacions publicades a la premsa, el *modus operandi* feia pensar que aquells pirates aeris no eren uns aficionats.

Davant de totes aquelles explicacions, m'atreviria a dir de tot aquell vòmit, l'Anna va intuir que li seria molt difícil fer-me retrocedir o fer-me canviar d'idea. Davant hi tenia un obstinat.

–Necessito que em donis el teu vistiplau, Anna –li vaig gairebé implorar–. Vull escriure sobre tu. M'agradaria escriure sobre el teu segrest –vaig repetir.

–M'ho has de deixar rumiar bé, això –em va respondre de sobte.

Vaig abaixar el cap i vaig mirar a terra, tot per intentar convèncer-la que accedís a la meva petició.

–Perdona, però... deixa'm pensar-ho bé –va insistir, una mica descol·locada–. Hi dono unes quantes voltes i et dic si em veig amb cor d'explicar-te el que em demanes. Sigues pacient. Si accepto contar-te el segrest, ho faré fins al final. No et deixaré penjat. En Pau Echauz m'ha parlat bé de tu, no pateixis. Però m'ho he de rumiar una mica. No serà fàcil parlar-te de tot.

Després, vam seguir xerrant una estona d'altres temes més banals, o que a mi em semblaven menys transcendents, fins que la conversa va desembocar altre cop en les causes de tenir una cicatriu a la cara. El Tiet Pau també li havia explicat com me l'havia fet. Llavors, aquella dona va fer una cosa que mai hauria esperat que fes:

–Mira'm els dits –em va dir amb to inquisitiu.

Es va arremangar la samarreta de màniga llarga fins a l'altura dels colzes i va posar totes dues mans a sobre de la taula, amb el palmell cap per avall, fregant la fusta envernissada. Tot seguit, em va demanar si hi veia res que em cridés l'atenció i va fer el gest de separar els dits amb tibantor, com per intentar que m'adonés que hi havia alguna cosa d'especial.

–Molt bé, les teves mans –vaig dir, com intentant fer-li entendre que no hi veia res més enllà del normal.

–Sí, les meves mans. Bravo! –va especificar–. Però què tenen les meves mans de diferent... o, més ben dit, què no tenen les meves mans?

Vaig observar-les amb deteniment: primes, allargassades (coherents amb el diàmetre dels seus canells i els seus braços) i amb les ungles ben cuidades i curtes. Sense repelons. Vaig intentar escarrassar-me, veure-hi algun aspecte diferent. Però no hi vaig veure res. Res de res. I quan buscava la manera d'inventar-me alguna cosa em va tallar en sec foradant-me amb la mirada.

–Ja no porto cap anell.

Vaig quedar-me callat i amb els ulls oberts de bat a bat. Ella va fer una mitja rialla i, sense esperar cap reacció per part meva, en mig segon va dir:

–Jo no porto anells i tu tens una cicatriu. M'entens?

5

ORACLE

Entrevista a Anna Lloret.
Transcripció del minidisc 11: minut 08'59

ANNA: *A vegades s'intentaven justificar, o sigui que donaven explicacions de per què ens havien segrestat. Aquell dia en Burger em va preguntar si em semblava normal que els indis envaïssin els pobles, violessin les seves dones i matessin els homes...*

FERRAN: *T'ho va preguntar a tu directament?*

ANNA: *I jo li vaig fotre un moc inconscientment, perquè li vaig contestar de tal manera que m'hauria pogut clavar un tret si hagués volgut.*

FERRAN: *Però què li vas dir?*

ANNA: *Que no veia cap diferència entre les massacres que feien els indis i el que estaven fent ells amb nosaltres dins de l'avió. Per sort, o no em va acabar d'entendre o no el vaig ofendre. Ara penso, fredament, que s'hauria pogut enfadar molt. Me la vaig jugar.*

* * *

Esperava la trucada de l'Anna i no tenia cap altra opció que carregar-me de paciència. Mentrestant, vaig aprofitar els següents dies després de la nostra primera trobada per documentar-me molt més del que ho havia fet. D'aquesta manera, també avançava feina bruta o, si més no, enganyava la impaciència per l'espera. En aquell cul-de-sac on era, expectant per un «sí» de la Lloret, vaig esbrinar, entre altres coses, qui eren els cinc segrestadors de l'avió i també els seus àlies, i com s'anomenaven entre ells. Es feien dir Doctor, Shankar, Bhola, Red Cap i, el que xerrava més amb el passatge, Burger. Aquests dos últims portaven la batuta a bord de la nau.

Em vaig assabentar que anaven armats amb fusells d'assalt kalàixnikov –l'arma fetitxe del gihadisme–, pistoles, granades de mà i dinamita. Això va fer que la policia índia de seguida sospités que es tractava d'extremistes islàmics simpatitzants del règim integrista afganès. Altres mitjans, però, especulaven que es podria tractar d'independentistes que lluitaven pel Caixmir. De fet, la segona hipòtesi era l'encertada, tot i que entre els cinc pirates de l'Airbus i els combatents afganesos hi havia moltes connexions. Aquests cinc individus demanaven l'alliberament –entre altres coses– de Maulana Massud Azhar, un reputat intel·lectual dins de la comunitat sunnita i un orador incendiari, els discursos del qual havien servit infinitat de cops per reclutar molts joves per als grups radicals islàmics de la zona. Azhar, que en aquell moment tenia trenta-un anys, era un dels responsables del segrest d'uns turistes estrangers al Caixmir i estava acusat pels Estats Units de ser un dels principals dirigents del terrorisme islàmic internacional. Professor en una prestigiosa escola universitària de Karachi (Pakistan), anys enrere –a finals dels vuitanta– va combatre contra la Unió Soviètica a l'Afganistan. Va ser detingut per les autoritats índies quan va aterrar a la zona controlada del Caixmir l'11 de febrer del 1994 com a periodista d'una revista editada per Harkat ul-Ansar (Moviment dels Companys del Profeta), grup que liderava. Des de llavors era a la presó. Harkat ul-Ansar es va crear al voltant de l'any 1993 i era una espècie de brigada internacional islamista que hauria enviat guerrers del gihad –guerra santa– a fronts tan diferents com les Filipines, el Tadjikistan, Birmània i Txetxènia. Els peons d'Harkat operaven sobretot en zones rurals. Durant anys, l'exèrcit indi va portar a terme nombroses operacions contra l'organització d'Azhar sense cap resultat concret.

Durant aquells dies de punt mort en què em cenyia a compilar tota la informació que podia, vaig anar a dinar amb el Tiet Pau en un bon restaurant de Lleida, Cal Nenet, d'aquells de cuina de mercat. Ell va ser qui em va obrir la ment definitivament davant d'uns caragols a la gormanda i dues ampolles d'un Costers del Segre del qual no recordo el nom. Durant tot el dinar no va fer més que donar-me pistes del que havia de fer:

–Eren cent setanta-vuit passatgers i els les van fer passar putes. Kandahar és a l'Afganistan –va aclarir-me–. Sé que l'Anna no explica gaire aquesta història, i fins i tot es mostra malfiada o temorosa si algú n'hi pregunta. I sé que, més enllà d'intentar-los executar algunes vegades, tothom creu que els van alliberar gràcies a les negociacions diplomàtiques. Però, nen, i aquí ve el tema, agafa't fort... perquè això és mentida.

–Com que és mentida? Qui els va alliberar?

–Pel mig hi havia l'ONU i les ambaixades, tant l'espanyola com la de l'Índia, però a mesura que passaven les hores, en lloc de millorar, les negociacions empitjoraven. El que et diré et sonarà a marcianada, però qui va fer que aquell avió no volés pels aires a causa d'una bomba amb vés a saber quants quilos d'explosius no va ser pas qui ho havia de fer. Va ser algú altre.

Davant el meu silenci, va insistir:

–Sobretot, has d'investigar com els van alliberar! És la peça fonamental de la història. Va, noi! Espavila't! A veure si la convences!

–Tiet, t'he de dir que a mi aquest segrest ja em sembla una cosa espectacular, més enllà de si la va alliberar en tal o en tal altre –li vaig dir–. Però ja no tinc tan clar si l'Anna em deixarà que escrigui sobre ella.

–Doncs paciència, fill!

–Per cert... –vaig puntualitzar–. No m'havies dit que ella era psicòloga! Ja et val!

El Tiet Pau es va xarrupar els dits, va deixar el punxó per menjar cargols i amb el tovalló es va refregar bé els morros.

–Tampoc feia falta que ho sabessis, no? –va respondre–. Vull dir que és indiferent...

Llavors, va fer un glop a la copa de vi i va fer aquell gest característic de col·locar-se bé el pont de les ulleres a sobre del nas mentre jo el seguia escoltant.

–Imagina't que estàs a punt de creuar el carrer en vermell. Un gran Rolls-Royce t'està a punt de passar per sobre quan un noi –que serà molt famós en el futur– t'empeny i et salva d'acabar com un Cristo. Això sí, ningú sap qui és encara. Estem a l'any 1913, per exemple, i ell ni tan sols porta bigoti. El seu nom és Adolf, Adolf Hitler.

Amb aquella advertència, el Tiet Pau intentava demostrar-me que no havia de donar res per fet, que aquella història era més que un simple segrest. Tot depenia de si jo me n'adonava o no. Però la meva obstinació per saber si la Lloret em deixaria fer el llibre no em deixava interpretar bé els senyals que aquell gat vell del periodisme comarcal em deixava anar com hams carregats de teca per als peixos. Va ser més endavant, quan ja tenia el llibre encarrilat i l'estava escrivint d'una tirada, quan vaig entendre del tot a què es referia en Pau Echauz amb aquella història del Rolls-Royce.

–Tiet, crec que vull que surtis al meu llibre –li vaig dir sense parar-me a pensar en els seus arguments.

–Vols més vi? –em va preguntar, fent-se el sord i omplint les dues copes buides.

–Vull dir que estaria bé que hi surtis com a personatge. De fet tu vas cobrir el segrest per al teu diari i en vas publicar moltes cròniques –li vaig dir mentre feia un glop–. Què et semblaria? Podries ser el narrador que explica la història, no?

El Tiet Pau em va mirar per sota de les ulleres i vaig entendre que no li feia cap gràcia el que li explicava. Si utilitzo les seves pròpies paraules, aquella idea li havia caigut «com una puntada de peu als pebrots».

–Tu escriu. Escriu i punt– em va replicar mentre s'ordenava els cabells blancs–. No t'has d'emmirallar en ningú, i menys en mi. Però, si em permets, crec que t'estàs equivocant. La idea és bona, però vas mal calçat per fer aquest cim. El punt de partida de la novel·la que et planteges ha de tenir un interrogant. Un interrogant directe.

–Com que un interrogant? –vaig dubtar–. De quina pregunta parles, Tiet?

–Voldràs un *carajillo*?

–Com? –vaig respondre, sorprès.

El tiet Pau va cridar el cambrer i va demanar dos trifàsics de Baileys. Tot seguit va mirar el rellotge i xiuxiuejant em va treure la bena dels ulls.

–La pregunta que li has de fer és: «qui et va salvar la vida?»

–Tiet, no et facis el misteriós! –vaig exclamar–. Tu saps alguna cosa que jo no sé! M'equivoco?

Un periodista de les seves característiques sempre tenia informacions confidencials que mai revelava. I també tenia un nas fi per veure la tramoia de les històries. Era indubtable. En Pau Echauz va canviar el gest de la cara i va insistir sense donar-me més explicacions:

–Tu pregunta-l'hi. Fes-li la pregunta, hòstia! –va renegar–. Espera que et truqui la Lloret, me cago en tot, i pregunta-li qui li va salvar la vida!

6

ADVERBI

Entrevista a Anna Lloret.
Transcripció del minidisc 17: minut 31'30

ANNA: *Fins i tot, a en Burger li vaig explicar que jo no parlava en castellà sinó en català. Va ser surrealista dins del surrealisme mateix del segrest.*

FERRAN: *Com? Com... vau arribar a tenir una conversa sobre llengua?*

ANNA: *Perquè va veure que escrivia a la llibreta i me la va prendre de les mans. Se la va mirar una bona estona i em va dir que no entenia res...* (Riures) *«Clar!», li vaig dir. «Jo escric en català.»*

* * *

Tal com em va prometre, l'Anna em va trucar pocs dies després. En aquell precís moment, era a la dutxa. El cor em va fer un salt.

–Ferran? –va fer com si no reconegués el meu «Digui»–. Ja m'ho he pensat i accepto. Vull fer el que em proposes. Vull parlar-te de l'avió. Això és un sí. He decidit que vull que tu escriguis la meva història.

Amb aquell «sí» de la Lloret vaig percebre per primera vegada que em deixava accedir més enllà del seu llindar. La meva proposta de fer una novel·la amb els fets que havia viscut li semblava una bona idea. Em va envair una emoció tan gran que em vaig quedar immòbil amb l'aparell a l'orella i el cap ple de xampú. Tenia el seu consentiment i no era fàcil aconseguir-lo, perquè, com ja he dit, l'Anna no et deixa creuar la porta cap al seu món interior fins que no passen uns quants dies o fins que ella ho té del tot clar, o li sembla que ho té del tot clar. Amb ella, la confiança es guanya a mig fons i a foc lent. Ara bé, estic convençut que alguna cosa hi va tenir a veure el Tiet, encara que ell sempre m'ha dit que es va limitar a posar-me el verí a la sang. L'Anna és escrupolosa a l'hora de mantenir dret el mur que separa la seva vida personal de la seva vida professional. Costa molt que abaixi la guàrdia. I ara la porta cap al seu món interior s'havia obert. Ja havia abaixat la guàrdia definitivament.

–Anna! M'acabes d'alegrar el dia! No les tenia totes –em vaig canviar el telèfon d'orella–. Sospito que ens haurem de començar a veure sovint. Què et sembla?

–Per mi bé. Si vols, ja podem començar aquest proper dissabte –va dir convençuda–. Vine a la consulta, ja saps que tinc espai i podrem parlar tranquils.

Amb el seu vistiplau a la butxaca, però, em faltava un últim detall. I, encuriosit, li vaig fer la pregunta que m'havia insinuat el Tiet.

–Anna, qui et va salvar la vida?

Ella va contestar serena i ferma, i va ser la resposta que mai hauria esperat escoltar. En aquell instant, vaig creuar la porta que conduïa directament al món interior de l'Anna Lloret.

Durant els tres anys següents, la vaig entrevistar moltes vegades. Ens vèiem un o dos cops per setmana i xerràvem hores i hores mentre gravava les converses amb un MiniDisc i prenia totes les notes possibles. Entre els seus records, les nombroses lectures sobre terrorisme islàmic a l'Índia i l'Afganistan, una recerca exhaustiva per hemeroteques i el suport d'altres testimonis, vaig començar a escriure un llibre sobre el seu segrest. Un llibre que començava el 20 de novembre de 1999, el dia que feia vint-i-quatre anys que havia mort Franco: el dia de la boda entre l'Anna Lloret i l'Ignasi Moyà.

L'església on es van casar no té cap importància per a ella, però sí que la té l'anècdota que van viure, o patir, just en l'instant en què els testimonis de l'enllaç van sortir a la palestra a signar. En el moment que tocava que l'Anna rubriqués el document, va fer un gest que encara avui en dia no sap com el va fer, i l'anell de casada, que s'acabava d'engiponar, va sortir disparat del seu dit i va rodolar pel terra de l'església. Algú, tampoc no recorda qui era exactament, va dir-li que aquell petit accident no li portaria bona sort: era «un mal presagi». Van fer el convit nupcial al restaurant del Big Ben de Mollerussa i van menjar llenguado amb ametlles, filet amb foie i un farcell de gelat per postres, tot i que d'aquell àpat poca cosa en va tastar l'Anna: «El dia que em vaig casar no tenia gaire gana. Això sí, tenia molta set, perquè em vaig fer un fart de xerrar.» En aquell moment no sabia com enyoraria el fet de poder beure aigua a plaer sols un mes després de l'enllaç. A l'avió, amb prou feines podia hidratar-se, i molt menys menjar en condicions. Els vuit dies de segrest es van convertir en un martiri per a la seva boca, cada cop més resseca. La vida té capricis estranys que es relacionen sense una explicació evident: al banquet nupcial hi havia ampolles d'aigua per abeurar un regiment al desert i a la cerimònia va tenir una petita peripècia amb l'aliança de casada. Asseguda en el seient d'aquell Airbus indi, l'Anna recordaria molts cops l'experiència gratificant de prendre un got d'aigua i s'adonaria com un incident estúpid amb un anell et pot fer jugar-te la vida.

Uns dies abans de la boda, l'Anna i el seu promès van anar a contractar el viatge de noces. A tots dos els agradava la idea de fer una ruta pel Nepal, l'Índia i Jordània i van pensar que en una agència de viatges els podrien ajudar a planificar millor l'escapada després de passar per l'altar. En aquella època encara ningú havia sentit a parlar gaire del *low cost*, i molt menys es reservaven bitllets d'avió per internet, tal com es va començar a fer habitual temps després. Una tarda es van apropar a la desapareguda Viatges Masai de Mollerussa i van preguntar si seria possible fer un viatge com el que havien pensat. Per a l'agència, aquella petició era un regal del cel. La noia o noi, l'Anna no ho recorda amb precisió, que els va atendre els va explicar que casualment acabaven de crear un paquet turístic per recórrer exactament els tres països que ells tenien ganes de visitar. L'únic handicap era que ells serien els primers catalans a provar la nova experiència que s'havien empescat des de Masai: «Ens fareu de conillets d'Índies. Com que sou els primers a fer aquesta ruta, en direm viatge de prova o prototip. Com que segurament tot anirà a les mil meravelles, quan torneu l'agència comercialitzarà aquesta oferta formalment, perquè molts clients s'apropen aquí com vosaltres per preguntar-nos si els oferim aquest servei.»

Les paraules convincents d'aquell noi els van semblar perfectes. El viatge duraria un mes, s'ho podien permetre perquè tots dos eren treballadors en règim autònom, i s'estarien tot el desembre visitant aquella zona de l'Extrem Orient. Van programar la sortida des de l'aeroport del Prat per al dia 2 de desembre. Després de contractar el viatge, l'Anna, poc amant de certs convencionalismes, es va adonar que faltaven tres setmanes per al casori i que encara no tenia el vestit de núvia. De fet, no volia anar vestida de núvia, i en el fons tampoc s'hauria casat, però ho va acabar fent. L'entorn de Mollerussa i els seus convencionalismes la van superar. Finalment es va comprar un vestit de color crema. Potser aquella parella acabada de casar ja va pujar a l'avió sent una parella de divorciats.

L'Anna va haver d'esperar vuit dies per saber si seria lliure, o pitjor encara, si continuaria vivint. Vuit dies no són gaires dies en la vida d'una persona, almenys si es miren en la perspectiva d'una vida global i més o menys longeva. Però si un es pensa a si mateix assegut en un seient d'avió –amb tots els mals ergonòmics que això comporta– durant vuit dies pràcticament de manera ininterrompuda, aquesta setmana llarga es converteix en un retrat vital que la memòria interpretarà, després, com un període de fatiga perllongada. Un període tan vast com el desig de notar el final d'un pessic al braç. Sempre que hi pensava em venia al cap aquella cançó dels Beatles que va néixer d'un diàleg quotidià que va mantenir McCartney amb un xofer. Segons el mateix Sir Paul, un dia de principis dels seixanta es dirigia a casa de Lennon en un cotxe amb conductor i es van intercanviar unes poques paraules:

–Com va tot? –li va preguntar McCartney.

–Anar fent –va respondre el xofer–. Treballo molt dur últimament: penco vuit dies a la setmana!

Arran d'aquell petit diàleg, McCartney li va explicar a Lennon que podrien fer una cançó d'amor sobre que desesperant és esperar l'amor quan no arriba en el moment que un desitja, i més quan un té tant amor al seu interior que no estima sols els set dies a la setmana sinó que n'estima un de més i tot. La cançó explicaria que hi ha persones que, algun cop a la seva vida, viuen una esgotadora setmana de vuit dies. La van titular *Eight Days a Week*.

Arran d'aquella setmana tan llarga, m'imaginava que el que havia viscut l'Anna es podia definir amb aquella imatge tan gràfica de «quedar-se amb el cul quadrat». Mai no ho sabré, perquè mai no l'hi vaig preguntar. Quan em venia la idea al cap la rebutjava, perquè en pensar en el que havia viscut a Kandahar em semblava que saber si li havia quedat el pompis d'una manera o d'una altra era d'una frivolitat absoluta o d'una immaduresa notable. No negaré que la idea em venia al cap cada cop que la veia. I tampoc, per què no dir-ho, no m'hauria fet cap tipus de gràcia que m'haguessin fet una pregunta semblant al parlar-me sobre el que havia viscut jo a Síria.

El que sí que em va explicar l'Anna Lloret va ser el mal que li feia el cos quan va baixar de l'Airbus. Havia perdut ben bé cinc quilos, i el deteriorament físic va ser patent durant els dies posteriors. La postura immòbil, la incertesa, l'insomni, la tensió, la por, la desnutrició, la deshidratació, els nervis, el fred i la calor en van ser els principals detonants. Les mateixes fotos que es van publicar a la premsa un cop va ser alliberada evidencien una noia prima com un secall sota un abric llarg que li va tres talles gran. L'Anna ha estat sempre una dona amb tendència a ser poca cosa, i és per això que a les fotografies se li reconeix una pal·lidesa un pèl brusca a la mirada. Segons ella, «les situacions d'estrès xoquen amb la memòria i la memòria xoca amb l'estructura emocional. No puc jutjar el comportament de ningú allí dins, ni tan sols el meu. En una situació com la d'aquell avió surt tot, surt el que portes dins. És un moment en què la desinhibició és total. Passa el mateix quan un consumeix molt alcohol. Insisteixo, no es pot jutjar a ningú». L'Anna recordava clarament el dolor físic: «Quan vaig baixar de l'avió tenia molt mal d'esquena. Era com patir la síndrome de la classe turista en una fase aguda. Recordo que la incomoditat em neguitejava molt. Solament em movia per anar al lavabo, i amb prou feines podia caminar per anar-hi perquè havia perdut molta massa muscular.»

Després del segrest, l'Anna Lloret no va acabar patint la síndrome d'estrès posttraumàtic, tan sols en va experimentar alguns símptomes lleus; és ben diferent del que em va passar a mi, que van ser més severs. «Em va durar més de tres mesos però no va ser de fase demorada, que és quan el trastorn perdura passat l'any de l'experiència amb la mateixa intensitat que a l'inici de la malaltia. La síndrome d'estrès, en poques paraules, és reviure una experiència traumàtica del passat de manera obsessiva i continuada, cosa que provoca un profund malestar.»

Per contra, en el meu cas la simptomatologia era l'anomenat retraïment afectiu, és a dir, la incapacitat que sentia per experimentar emocions, tant positives com negatives, però especialment positives. El retraïment es tradueix en una notable disminució de l'interès per activitats que abans resultaven gratificants (com el periodisme), i també per la incapacitat d'experimentar emocions com la tendresa o l'amor (els meus amics, la Carlota, la meva família). En el fons, és un esgotament dels recursos emocionals, un mecanisme que engega la nostra pròpia biologia com una capa de protecció davant l'entorn. El dipòsit es queda sense benzina, el cos entra en pana. Aquesta anestèsia dels afectes deteriora l'autoestima, i arrossega la persona a valorar-ho tot de manera negativa. Tota aquesta barreja de letargies em va abocar en caiguda lliure cap a la depressió (una manifestació clara del TEP: inactivitat, idees suïcides, problemes de concentració, ànim baix, apatia, desesperança, pèrdua de son i de gana i un llarg etcètera).

Les estadístiques diuen que sols una quarta part de la població que pateix una experiència extrema desenvolupa el TEP. Són o han de ser experiències tan exagerades que el nostre sistema psicològic es vegi desbordat, sobrepassat. En el moment de la vivència, la persona pateix una por intensa, una gran sensació d'horror i una gran aflicció.

El TEP no és pas una cosa nova. A l'*Odissea* d'Homer apareix aquest trastorn: són les reaccions mostrades pels soldats durant les batalles quan pateixen terror, una gran agitació, paràlisi conductual i desorientació. En aquest sentit, s'ha batejat la síndrome com «cor de soldat», «síndrome del cor irritable» o «síndrome Da Costa». La reacció més visible en l'obra d'Homer és el sobresalt. És paradoxal que la psicologia clínica no reconegués el TEP fins a la meitat del segle XX, i just fins llavors no va ser classificat com a categoria diagnòstica.

La majoria de manuals psicològics recomanen una teràpia per tractar la síndrome. El tractament, de manera simplificada, té dos passos fonamentals per a la superació del trastorn. El primer és un canvi d'actitud després d'una reflexió interna feta a consciència. El segon pas és el que els professionals anomenen «la planificació i el projecte de vida», és a dir, el pacient s'ha de marcar un objectiu. La fita, encara que sembli que una vida sencera és massa llarga per abastar-la, ha de plantejar-se com un objectiu de llarg recorregut. Cal construir una via cap a la meta, un camí que donarà al pacient un nou sentit vital, li aportarà energia i concentració, evitarà la sensació de buit i farà menys angoixant el control que vulgui exercir en el futur incert, tot i que el futur sempre és incert.

Des del moment que em vaig endinsar en la història d'aquell segrest, vaig tenir un somni recurrent. Haver entrat al món interior de l'Anna Lloret va fer que el meu subconscient no treballés directament la part central i més òbvia dels fets, la part visible i tàcita de la qüestió; aquella part evident del meu text era, sens dubte, l'estrella polar de la gran constel·lació que pretenia entrelligar explicant aquella setmana de vuit dies. Haver creuat el llindar de la seva porta havia encès una part oculta en mi, com l'espurna minúscula que crema un bosc frondós. Havia desencadenat una espècie de mecanisme, un engranatge desconegut que resultava imparable. I aquella mena d'immersió a pulmó lliure provocava un miratge concret i repetitiu quan dormia. O, si més no, creia que havia somniat just allò quan em llevava, sempre sobresaltat i amarat de suor. Potser era una de les conseqüències del TEP que patia.

Recordo que el somni començava amb el Tiet Pau. L'escena semblava un dels nostres dinars, però ni dinàvem ni érem a cap restaurant conegut. Just després, com si fos una el·lipsi cinematogràfica travada a la perfecció, es desplegava davant dels meus ulls un nou enquadrament on jo era un espectador actiu: passejava per una avinguda ampla –millor dit, ampul·losa, d'estil romàntic– que jo identificava amb la Friedrischstrasse de Berlín. Però no era l'actual, no era la que havia vist l'any 2007 o 2008 en el meu últim viatge de vacances a Alemanya. Era antiga, com de principis del segle xx. Jo mateix vestia un abric antic, llarg fins als turmells, de color gris i fet de pelfa. Llavors m'aturava. Una noia jove –també vestida d'època– creuava l'avinguda mentre un gran Rolls-Royce s'apropava a tota velocitat. Davant d'aquella imminent tragèdia, em quedava immòbil, com un covard, sense poder evitar que l'automòbil topés amb el cos prim d'aquella alemanya. Però de cop, com si es tractés d'un llampec, un noi jove sortia disparat cap a ella i l'empenyia bruscament cap a la vorera i la salvava d'un xoc que hauria fet a miques els seus ossos germànics. Quan aquell acte heroic havia succeït en el somni, les meves cames responien –llavors sí– i corrents com un coet m'apropava a tots dos, igual que ho feien la resta de vianants del carrer. Jo era l'encarregat d'aixecar-la a ella de terra i un peixater o un home amb bata blanca de peixater l'incorporava a ell. En aquell punt, ja a les acaballes de la seqüència, a un pas de despertar-me, veia que l'alemanya tenia la mateixa cara que l'Anna Lloret, o potser era l'Anna Lloret vestida de berlinesa d'època. Quan girava el coll per mirar-me l'heroi, hi veia la cara de l'actor suís Bruno Ganz, o Bruno Ganz amb la cara d'Adolf Hitler.

SEGONA PART

LA SEVA (1999-2001)

7

CHECK-IN

Feia poc més d'un mes que eren marit i muller. L'Ignasi i l'Anna van estar els primers dies de viatge per diversos llocs de l'Índia i després van passar-ne cinc a Katmandú, al Nepal. Van pensar que la nit de Nadal serien a Nova Delhi i el Cap d'Any a Jordània, i per tornar cap a terres índies van programar el vol intern cap a la una del migdia. Aquell matí, l'Anna va tenir un pressentiment: la sort se li havia acabat, ja que havien sortit del tot il·lesos de les carreteres de la zona, on el trànsit és caòtic. Tot havia anat, sortosament, massa bé.

Al sortir de l'hotel nepalès, ella sols tenia ulls per al xou que muntaven els taxistes per intentar captar els seus clients, que únicament eren turistes forasters. Va veure com els policies locals esbatussaven els conductors afamats de clients amb unes fustes llargues, unes fustes com aquells picamatalassos de vímet de color os amb què s'estovaven els jaços tot omplint-los de patacades. Qui s'acovardia l'últim pels mastegots era el primer que s'emportava el passatge. Com que eren turistes, i a més eren occidentals, els va ser fàcil trobar taxi. Després de recórrer sis quilòmetres des del centre de la capital, van arribar a l'aeroport internacional de Katmandú, anomenat Tribhuvan, que consta de dues terminals –una de nacional i una altra d'internacional– i que sol ser el lloc de pas per a la majoria d'alpinistes que es dirigeixen a fer l'Everest. Tribhuvan no té unes instal·lacions gaire grans, però hi operen una vintena llarga d'aerolínies. Amb unes pistes de tres quilòmetres, es podria igualar perfectament a l'aeroport de Girona. La particularitat d'aquest lloc, però, és que és un dels aeroports del món on aterrar és més difícil. No tots els pilots estan capacitats per maniobrar en aquestes pistes, ja que estan enclotades enmig d'una vall i es requereix una destresa afinada i un coneixement específic del terreny.

Van baixar tots dos del taxi i van entrar a l'aeroport. Facturar va ser ben bé un xou, perquè fins que no van saber on els tocava van haver de donar alguns tombs pel recinte. Tot i això, l'ambient de l'aeroport era molt relaxat i s'hi notava una certa laxitud en les mesures de seguretat. L'Anna recorda que un cop van haver facturat l'equipatge es van dirigir immediatament cap a la porta d'embarcament. Si a la zona exterior de Tribhuvan la seguretat escassejava, en el control de passaport era inexistent. A l'hora de passar pel detector de metalls, van observar com a més d'un passatger li saltava l'alarma i no li deien res, cosa que evidenciava que si duien algun tipus d'objecte de procedència dubtosa se'ls deixava pujar als avions amb una total permissivitat. A la cua del seu vol en concret, l'alarma del detector va saltar diversos cops, però cap agent va aturar a ningú ni cap passatger va ser escorcollat. Fins i tot el detector li va sonar a l'Anna, i la treballadora de l'aeroport li va dir «passa, passa!» sense aturar-la. Aquella aquiescència del personal de terra els va estranyar, però van pensar que potser els sorprenia un pèl més que als autòctons, ja que ells comparaven aquelles mesures de seguretat orientals amb les de casa, les occidentals, que tenen un raser molt més alt en aquestes qüestions.

Un cop dins del *duty free*, l'Anna es va tornar a fixar en altres escenes tan sorprenents com les dels taxistes: així, evoca la imatge d'una dona de mitjana edat que portava un vestit llarg on anava carregant cartrons de tabac lliure d'impostos en una d'aquelles botigues de queviures típiques dels aeroports. Recorda que també van seure a descansar les cames en una cafeteria, ja que encara els quedava una bona estona per pujar a l'avió. El que encara no sabia era com arribaria a disgustar-la la posició asseguda que ara li resultava tan confortable. Allí, l'Anna va observar una parella d'indis casats feia poc que semblava que, com ells, també estaven de viatge de noces. De fet, per als casats hindús, el Nepal té el mateix sentit que té per a alguns catalans viatjar a les Illes Balears o a les Canàries de lluna de mel. La diferència d'edat d'aquella parella índia ressaltava força: ell tocava la trentena i ella, segurament, havia fet justet els vint. La núvia anava molt elegant. Portava un sari de seda i lluïa els vint-i-un braçalets que els regalen després de contraure matrimoni per afavorir la fecunditat. Això sí, en el que l'Anna es va fixar més va ser en les mostres d'afecte que es tenien tots dos, i especialment en les d'ell, que acaronava el clatell d'ella. Seria la darrera vegada que l'Anna veuria aquell noi hindú. Almenys viu.

Uns minuts abans de la una del migdia van pujar a l'avió. Eren als seients 20-A i 20-B. L'Anna era a la banda de la finestreta, des d'on va poder veure diversos nepalesos passant en bicicleta pel mig de les pistes d'aterratge i nenes uniformades d'una escola creuant a quaranta metres des d'on s'enlairava un altre avió. Van deixar la bossa de mà, una motxilla amb les quatre coses necessàries per a una hora de viatge, al portaequipatges de sobre els caps, i van seure a esperar per marxar. I a fe de déu que van esperar asseguts. L'avió no va engegar els motors fins a tres quarts de quatre, gairebé tres hores després de pujar-hi. A les quatre en punt, i expressades les disculpes pel retard per part de la tripulació, l'Airbus 300 d'Indian Airlines, amb cent setanta-vuit passatgers, es va enlairar en direcció a Nova Delhi. En aquell instant i en aquella aeronau, ningú no sabia que mai arribarien al destí final que estava previst.

8

PRIMER DIA DE SEGREST

(DIVENDRES, 24 DE DESEMBRE DE 1999)

Feia una hora que s'encaminaven cap a Nova Delhi i tot havia estat d'allò més normal i corrent. El capità Devi Sharan i l'enginyer de vol Anil K. Jaggia els havien donat la benvinguda i els havien desitjat un feliç vol. Tots els rituals d'enlairament havien estat els comuns: comprovar que els cinturons de seguretat eren al seu lloc i que tothom els duia ben lligats, comprovar els armaris de càrrega de l'equipatge portàtil, assegurar-se que els seients estaven en posició vertical i que ningú fos als lavabos. Les hostesses van començar a dispensar les safates dels dinars: pollastre, curri, arròs i verdures. Tot el passatge al complet va abaixar la taula retràctil, aquella petita placa de plàstic subjecta per dues frontisses a l'esquena del seient del davant, per ser servit. Des de la part de darrere, el personal de l'aire va anar repartint els menús envasats fins que va estar tothom llest. Les noies d'Indian Airlines van emmagatzemar els carrets dels aliments i van seure a les seves butaques mentre el passatge gaudia, uns menys i altres més, de l'àpat nepalès.

Si un para a pensar dos segons, cau en l'evidència que aquell era el moment precís –i planejat amb calma– per assaltar un avió com aquell Airbus, més que res perquè és difícil que un passatge es giri en contra d'uns pirates quan estan immòbils, justament, a causa de les safates i les tauletes que tenen sobre les cames. El famós llibre *L'art de la guerra* del pensador xinès

Sunzi explica que les oportunitats per a un exèrcit provenen de fissures en l'entorn causades per febleses relatives de l'enemic. També s'hi relata que el millor moment per portar a terme una ofensiva és quan la unió del grup atacant permet una virulència més gran, i que aquesta unió és un factor molt més transcendental que no pas la mesura i el nombre de les forces armades. Sunzi fa una llista de prioritats per excel·lir en qualsevol guerra: són l'atac, l'estratègia, les aliances, l'exèrcit i les ciutats.

Era un quart i cinc minuts de cinc de la tarda (les 12.20, hora catalana) quan es va desencadenar per a aquells passatgers la seva particular i intransferible setmana de vuit dies. A la part de darrere de l'avió es va sentir una remor i un parell de crits en urdú. L'Anna sols va poder veure dos homes encaputxats amb passamuntanyes negres –o de color blau marí– i vestits com occidentals –amb samarreta i texans– que corrien cap a la part davantera de la nau. Un duia una granada i l'altre desenfundava una pistola. Tot seguit l'Anna va pensar: «Què passa? No pot ser! És una broma!». Llavors va agafar el braç de l'Ignasi, que estava distret, i li va dir, amb un to d'incredulitat aclaparadora:

–Acaba de passar un home pel passadís amb una granada de mà!

Sense que ell tingués temps d'adonar-se de res i molt menys del que li estava comunicant l'Anna, tres homes més es van alçar dels seus seients –també amb la cara coberta– armats amb pistoles. És llavors quan el passatge va començar a entendre el que estava passant i els cors que volaven per algun punt de l'espai aeri nepalès es van accelerar fins a velocitats endimoniades. Que ningú es mogui, van cridar insistentment. Que ningú es mogui!

En aquell moment, va començar el malson per als cent setanta-vuit passatgers –adults i nens– i els deu membres de la tripulació.

* * *

D'aquells segons inicials de l'assalt, el primer que recorda l'Anna és que un dels homes portava un passamuntanyes vermell i que la resta el portaven fosc. També recorda crits d'espant esmorteïts que s'anaven succeint entre els passatgers. No va saber que els pirates eren cinc fins més tard, perquè un d'ells –amb les hores sabria que responia al nom de Burger– va prendre la megafonia de la nau i els va ordenar posar els caps entre les cames i no mirar res de res del que passava. Mentre en Burger anava donant consignes insistents i repetitives, el del passamuntanyes vermell s'asseia al mig de la nau –potser per tenir una visió més global de l'atac–. Els altres tres, tant o més nerviosos que el passatge i la tripulació, feien corredisses amunt i avall pels passadissos de l'Airbus comprovant que tothom –sense excepció– complia les ordres. A la vegada, van seleccionar quinze homes –van intentar que fossin joves– i els van desplaçar, amb els braços amunt, apuntant-los amb les armes i a cop de crit fins a la part davantera. En Burger va demanar silenci a tothom perquè encara se sentia algun sangloteig nerviós i incontrolable. O calla tothom o us matem, va dir sense deixar alternativa. I va ordenar als quinze homes buidar els petits portaequipatges laterals de les bosses de mà i aplegar-les a la primera classe. D'aquesta manera, si un passatger tenia algun objecte susceptible de ser utilitzat com a arma, li seria molt difícil o gairebé impossible d'accedir-hi. Van fer el mateix amb les safates del dinar. Els quinze seleccionats les van aplegar en munts, en aquest cas a la part posterior de l'avió. Els sucs d'alguns aliments van començar a regalimar en petits rierols que van impregnar la moqueta dels passadissos.

Amb els passatgers del tot reduïts, amb el cap entre les cames –cecs i espantats–, era el moment de fer el següent pas: prendre el control de la cabina del pilot. Abans, però, van fer seure els quinze homes als seients de davant perquè en Burger els pogués controlar de ben a prop. Entre ells hi havia Rupin

Kaytal, el noi que havia cridat l'atenció de l'Anna al *duty free*, el noi que acaronava els cabells de la seva nova muller i que només li repartia mirades de complicitat abans d'embarcar a l'avió. Kaytal, fill únic, tenia vint-i-cinc anys i era de Nova Delhi. I efectivament, com l'Anna s'havia imaginat, no feia ni un mes que s'havia casat –més o menys com ella i l'Ignasi–. La boda s'havia celebrat el 3 de desembre, i el matrimoni havia decidit que el Nepal seria el destí ideal per al seu viatge de noces. La seva esposa, la Rachna, de vint anys acabats de fer, era de Gohana, una petita vila del districte indi del Sonipat, al nord-est del país. Era la petita –tenia dos germans grans– i havia passat la infància i la joventut en un entorn de confort, molt protegida pels seus pares. Després de graduar-se a la Universitat de Rohtak, la seva família, com la majoria de les famílies de la seva zona, va decidir que la filla petita s'havia de casar amb un home pròsper. En realitat, la Rachna no volia casar-se; es veia molt joveneta i tenia moltes ganes de fer altres coses abans de convertir-se en mestressa de casa, però, arrossegada per una certa inèrcia de l'entorn, no es va oposar a la decisió paterna. La família de la noia volia un bon marit per a la més petita. Van fer-li conèixer molts candidats potencials abans d'escollir el definitiu. El seleccionat va ser un noi que consideraven molt educat, intel·ligent i afable, tres valors que els pares de la Rachna havien intentat inculcar als seus tres fills. A més, el candidat escollit era més gran que ella i provenia d'una família benestant de Nova Delhi. Era en Rupin. Tot i que la decisió final va ser dels pares, la Rachna es va fixar de seguida en aquell noi. De fet, al contrari que algunes de les seves amigues de la universitat, ella se sentia afortunada: li havien escollit un marit que li feia patxoca. La boda es va celebrar de seguida i va ser un gran assumpte de família. Es va fer una festa sonada en honor dels nuvis i de la unió dels dos llinatges i es van portar a terme tots els rituals indis relacionats amb el casori. Després de la boda, els sentiments de la Rachna van canviar. Cap a bé: en Rupin ja no li feia patxoca. Ara, l'estimava.

* * *

L'episodi dels quinze homes seleccionats va ser explicat l'any 2008 per un dels passatgers de l'Airbus a la premsa local índia. Era Sunil Singothia, home pròsper dedicat al negoci dels fruits secs, que relatava com ell i la seva també recent muller havien conegut la Rachna i en Rupin al Nepal aquell desembre del 1999. Segons Singothia, el matrimoni Kaytal havia de tornar a Nova Delhi el dia 22 de desembre, però la insistència d'ell i la seva dona van fer que en Rupin ajornés dos dies el vol i acabés comprant els bitllets de l'IC-814 per passar unes quantes hores més de viatge amb els seus nous amics. Singothia, en aquella entrevista, es penedeix d'haver intentat convèncer la parella. Segons les declaracions del segrestat, la seva tossuderia perquè els Kaytal passessin dos dies més amb ells va portar en Rupin a les portes de la mort.

Singohtia diu: «Estava assegut al costat d'en Rupin, la seva senyora i la meva. Quan van seleccionar uns quants homes, un dels segrestadors va passar pel nostre costat i es va emportar el meu amic. Li van ordenar recollir les safates del menjar de terra cap a un extrem de la nau. Crec que després els van fer asseure a tots quinze. Jo vaig ser l'última persona amb qui en Rupin va parlar en vida.»

* * *

Feia una bona estona que havien assaltat l'avió i en Burger seguia repetint les mateixes advertències: «Qui es mogui s'emporta un tret al cap!» Per assegurar-se que el passatge estava del tot reduït, van decidir que no n'hi havia prou que els ostatges restessin amb el cap acotxat entre les cames. Un dels cinc segrestadors va tenir una ocurrència:

–Embeneu-vos els ulls amb el drapet del respatller del seient i torneu a ajupir el cap entre les cames!

El problema és que no tothom tenia protector de nuca al seient. Llavors van corregir l'ordre: «Que s'embenin els ulls els homes! Sols els homes!» El gest dels passatgers va ser tan ràpid i obedient que l'Ignasi, a l'aixecar la vista, no va poder observar amb deteniment el que estava passant al seu voltant. Les dones seguien amb el cap entre les cames. De nou, l'avió restava en silenci i en posició submisa. En aquell instant, l'Anna va començar a entendre alguna cosa. La seva vida i la dels que viatjaven en aquell avió penjaven d'un fil. Aquell pensament esgarrifós i aquella mala postura li van produir un estat de nervis com mai havia viscut fins llavors ni mai s'hauria pogut imaginar. Va començar a suar d'angúnia. De tant en tant, en aquell silenci absolut, se sentia algun plor de desesperació i també el so de diverses arcades. Algú va arribar a vomitar, algú altre es va orinar i defecar a sobre.

* * *

L'avió seguia a l'aire sense cap maniobra arriscada i sense cap viratge estrany. No sabia del cert quant temps feia que estaven amb el cap entre les cames. Tenia tanta por que no va gosar mirar l'hora del rellotge de polsera, tot i que hauria estat un gest insignificant i perdut enmig de gairebé dues-centes persones en un estat de pànic silenciós. No veia res, sols escoltava i intentava imaginar el que passava al seu voltant. De tant en tant, l'Anna notava com un dels segrestadors li passava pel costat caminant, però no sabia tampoc si sempre era el mateix.

Encara, en aquell moment, dins de la cabina, el capità i l'enginyer no s'havien adonat de res del que passava a la nau que pilotaven. L'hostessa Anil Sharma va demanar entrar a la cabina. Els comunicava que portava el cafè sense sucre per a en Jaggia i el te per a en Sharan. L'enginyer es va girar i va obrir la doble porta, i la seva sorpresa va ser quan, en lloc de l'Anil amb una plata de refrigeris, es va trobar l'Anil amb una pistola clavada al cap. Qui l'apuntava era en Red Cap.

–Torna a seure i continueu pilotant sense fer res més. No us comuniqueu amb ningú! –va dir imponent el segrestador–. Mireu cap endavant, per Al·là!

Llavors, en Red Cap va deixar anar l'Anil i va brandar el revòlver fins a topar-se amb la templa del capità.

–Estigueu ben atents a les meves ordres –va reclamar mentre premia el canó de la pistola contra el crani d'en Sharan–. T'has de desviar cap a l'oest. Cap a l'oest! A l'oest!

L'enginyer Jaggia estava familiaritzat amb l'accent d'aquell home armat amb passamuntanyes vermell. Va pensar: «Aquest té el mateix accent pakistanès que els taxistes que m'he trobat a Sharjah.» De cua d'ull va veure que a l'altra mà el pirata portava una granada i es va adonar de la magnitud de la tragèdia. Mentre el capità virava la trajectòria de l'avió, en Burger va entrar a la cabina i feia fora l'hostessa, que s'havia quedat petrificada de l'esglai. En Burger li va xiuxiuejar alguna cosa en urdú a en Red Cap, va fregar la nuca d'en Jaggia amb la pistola i va sortir de nou cap a on es trobava el passatge. Tot seguit, en Red Cap va dir gairebé cridant: «Ara manem nosaltres!», i per segon cop va exigir que el pilot es dirigís cap a l'oest. També va reclamar que les hostesses seguessin repartides per l'avió i que fessin com la resta dels ostatges; abans, però, havien de dur a terme «certes tasques». Llavors, l'enginyer Jaggia, a través de la megafonia, va ordenar a Anil Sharma que segués a prop de la cabina. A Sabita Khalko i a Kobta Mukherji els va manar que recollissin tota la cervesa de la cuina del darrere. A les hostesses Rajani Chandrasekhar i M. A. Sateesh els va dir que es quedessin a la cua de la nau. Mentrestant, Tara Debanath s'havia quedat a la cuina del mig arraulida. Kalpana Mujumdar i Sapna Menon tenien la missió de fer desaparèixer la resta de licors de l'avió. Els vuit dies de segrest següents, les hostesses serien tractades igual que la resta d'ostatges. Sense cap aversió i sense cap deferència especial: passarien totalment desapercebudes entre el passatge.

En Red Cap va ordenar que els passatgers s'apleguessin a la classe turista. Els únics que havien de quedar a primera classe havien de ser els quinze seleccionats, i la majoria de bosses i equipatge de mà. En aquell moment, en Red Cap va desaparèixer uns segons de la cabina. El capità va aprofitar aquest moment per enviar un missatge codificat a la torre de control de Nova Delhi. Els especificava que l'avió havia estat assaltat.

Quan la primera classe va quedar buida de passatge –excepte els quinze seleccionats–, en Red Cap va tornar d'una revolada a la cabina brandant la pistola i la granada de mà. Se'l veia més agressiu encara. Va exigir al capità Sharan que havien de volar cinc hores seguides i sempre –insistint– en direcció a l'oest. L'enginyer de vol va girar el cap mirant el seu superior amb les mans aferrades al timó i va contestar en nom d'ell: «Senyor, no tenim combustible per volar cinc hores seguides. És impossible. N'hem de posar més o caurem en picat.»

* * *

El senyal d'alarma del capità Sharan havia arribat a la torre de control escassos segons després que aquest l'hagués emès des de l'IC-814. Tot i això, des de l'aeroport de Nova Delhi no van reaccionar amb rapidesa. Van trigar massa estona a prendre la decisió d'avisar el CMG, el Crisi Management Group o gabinet de crisi, que inicialment van encapçalar Brajesh Mishra (assessor de Seguretat Nacional de l'Índia) i Prabhat Kumar (secretari d'Estat). Aquests dos, al seu torn, van trigar massa temps a fer coneixedor de la situació el primer ministre, Atal Bihari Vajpayee, que tornava, precisament en avió, d'un míting fet a Bihar, a l'est del país. Fins que el primer ministre no va arribar a l'aeroport Indira Gandhi no se'l va informar. Feia més de dues hores que el segrest estava en marxa.

* * *

–Has encès l'alarma antiterrorista? –va preguntar en Red Cap.

El capità Sharan ho va negar rotundament. Era mentida. Encara que, de totes maneres, va confessar que si havien d'aterrar a posar combustible la torre de control de l'aeroport que escollissin els demanaria explicacions per ràdio i no podria enganyar-los.

–Quan les demanin, els les donarem –va contestar el segrestador–. De moment, segueix volant en aquesta direcció i no preguntis ni em diguis res més.

L'enginyer de vol va tornar a prendre la decisió d'obrir la boca sense permís:

–Podríem posar combustible a Lucknow.

En Red Cap va respondre amb un simple:

–Tu calla.

El copilot, sense fer cas al terrorista, va tornar a la càrrega:

–No tenim prou fuel per fer el que ens demana. Hem d'aterrar i omplir els dipòsits, si us plau. Si creu que Lucknow no és un bon destí, podem provar fer terra a Amritsar.

–Ni parlar-ne! –va cridar en Red Cap apuntant en Jaggia a la nuca–. En tot cas, fem fuel a Lahore. Vull que sortim de l'espai aeri indi!

Llavors el capità Sharan es va sumar a la conversa:

–Senyor, si no aterrem immediatament ens estavellarem. Lahore és massa lluny. El meu copilot té raó: el millor que podem fer és aturar-nos a Amritsar. Ens queden quaranta minuts de combustible. A més, a Lucknow no ens donarien permisos, i a Lahore? Crec que han tancat l'espai aeri pakistanès, i si ens hi endinsem ens abatran amb míssils.

–Calleu tots dos i seguiu cap a l'oest o us volo el cap d'un tret! –va cridar de nou en Red Cap.

Uns minuts després, en Burger va entrar a la cabina per informar el seu presumpte superior:

–Hem aplegat tot el passatge a la classe turista, excepte alguns homes que estan retinguts a primera classe. Hem fet asseure tots els occidentals junts. Són pocs, però suficients per fer-los servir de moneda de canvi.

En Red Cap li va dir a en Burger que els quedaven vint minuts de combustible i que no arribaven a Lahore. Tots dos terroristes van començar a parlar en veu baixa, mig discutint. Immediatament, en Burger se'n va tornar cap a on era el passatge deixant anar exclamacions –potser renecs– en urdú.

En Red Cap va ordenar al capità que aterressin a Amritsar. Omplirien els dipòsits a la velocitat de la llum i sortirien cames ajudeu-me cap a l'oest, tal com els havia exigit inicialment. I els va tornar a advertir:

–Un moviment en fals i us faig esclatar aquesta granada de mà a dins de la vostra boqueta índia.

* * *

18.35 h (13.35, hora catalana).

Van començar el descens a l'aeroport internacional d'Amritsar, de nom Raja Sansi. Amritsar és la capital del districte homònim, a l'estat del Panjab, una metròpoli de forta tradició sikh.

El passatge va notar de seguida, tot i que estaven amb els ulls embenats i els caps acotxats, com l'avió anava perdent altura. Tot seguia en silenci, excepte pel so uniforme dels motors de l'Airbus –cada cop més buits, per cert– i per algun sanglot perdut en l'ambient de l'interior del fusellatge. La majoria de l'activitat, especialment les primeres hores, es va centrar en la cabina del pilot. El capità Sharan sabia que aterrar a l'Índia seria una gran oportunitat perquè aquell assalt fos un simple ensurt, un mer atac frustrat. Mentre anava perdent altura i sobrevolava Amritsar en cercles, va enviar un missatge codificat a la torre de control:

–Hotel... Índia... Juliet... Five... –va dir per la freqüència convinguda–. Repeteixo, Amritsar. Hotel... Índia... Juliet... Five...

La torre de control li va respondre de seguida:

–Entesos, IC-814. Necessita pista? –va dir la veu.

–Permís d'aterratge, Amritsar. IC-814... Indian Airlines... en direcció a Nova Delhi. Capità Devi Sharan. Enginyer de vol Anil K. Jaggia. Aterratge urgent... dotze minuts de suficiència. Tancs de combustible al sis per cent. Demanem pista. Insisteixo, pista lliure... –va especificar el capità–. Hotel... Índia... Juliet... Five... –va repetir seguidament.

El missatge «Hotel... Índia... Juliet... Five» feia servir l'alfabet fonètic radiofònic: Sharan comunicava la primera lletra de cada paraula («H», «I», «J») i el darrer mot es referia al número cinc. En conclusió, el missatge encriptat era «HIJ-5», *hijackers-five*. Estava indicant a la torre de control que allò era un assalt amb cinc segrestadors a bord.

Quan a l'aeroport d'Amritsar van entendre que, a banda d'un aterratge d'emergència, allò era la confirmació d'un segrest –tal com els havien advertit des de Nova Delhi–, van deixar ràpidament un espai lliure a la pista 16. El capità li va comunicar a en Red Cap que els havien donat permís i que demanaria omplir el dipòsit de combustible.

–No els amaguis que això és un segrest de cap a peus. Comunica que anem armats amb explosius, que volem combustible ara mateix i que marxem immediatament. Especifica que, si intenten assaltar l'avió, el fem volar pels aires –va dir el pirata aeri.

El capità va tornar a comunicar-se per radiofreqüència per traslladar el missatge del terrorista, i per megafonia va demanar al passatge que restés immòbil. Després va iniciar la maniobra d'aterratge. En Sharan va pensar que si podien estar prou temps aparcats a Amritsar fent veure que carregaven combustible, i perdien més minuts del compte, les forces de seguretat podrien actuar amb eficàcia i frustrar l'assalt. La torre de control d'Amritsar va tenir la mateixa pensada.

El CMG va informar que un dispositiu antiterrorista s'estava dirigint cap a les instal·lacions i que d'alguna o altra manera intentessin guanyar temps parlant amb el portaveu dels segrestadors. Continuaven en territori indi i era una oportunitat valuosa per posar fi a aquell malson. Si la nau saltava de país, la situació es posaria molt i molt magra. Mentrestant, l'avió esperava el camió cisterna que subministraria el combustible necessari que els havien garantit.

* * *

–Per què triguen tant? –va preguntar en Red Cap al capità.

–No és un procediment ràpid omplir el dipòsit, senyor –va contestar en Sharan.

–Vull parlar amb la torre de control –va exigir el terrorista apuntant-lo al cap.

El capità va contactar amb la torre i en Red Cap els va donar deu minuts de marge. Si no abastien l'avió immediatament començarien les execucions. Per la seva banda, Amritsar li va demanar paciència i calma: «El camió cisterna s'està desplaçant cap a la seva posició.». De fet, tant el pilot com la torre intentaven guanyar temps perquè el dispositiu del CMG arribés a l'aeroport. Tot i això, en Red Cap va començar a sospitar que aquella era una maniobra de distracció. En Burger va entrar a la cabina i va preguntar:

–Puc començar a matar-los?

En Red Cap s'hi va negar i va deixar clar a en Sharan que o s'afanyaven o allò es convertiria en una carnisseria. El pilot va advertir la torre que si no veien el camió en dos minuts començaria la matança. La torre no contestava a la petició. En Burger va insistir:

–Els puc començar a matar?

En aquell instant límit, un primer camió cisterna va començar a apropar-se. En Sharan va tancar els ulls. Les gotes de suor li provocaven una coïssor brutal. El vehicle es va posicionar a la banda de l'ala dreta per abastir un primer tanc de fuel. En Red Cap va demanar més rapidesa encara:

–Que s'afanyin o ho fem petar tot!

El comando antiterrorista coordinat pel CMG estava si cau no cau, a pocs quilòmetres de l'aeroport, i van demanar que retardessin un pèl més la càrrega de combustible. La torre de control els va advertir que la situació s'estava tensant i que els pirates ja havien amenaçat de matar ostatges. El rellotge s'estava convertint en el pitjor enemic dels terroristes, en el pitjor enemic de les forces de seguretat i, especialment, en el pitjor enemic de la vida del passatge.

En Red Cap, també suant, va preguntar a en Sharan perquè no arribava el segon camió cisterna i omplien l'ala esquerra. El capità es va encongir d'espatlles; estava desesperat. En Burger, que presenciava l'escena, va córrer cap a primera classe i va ordenar a un dels seus camarades –en Doctor– que seleccionés un home dels quinze. Qui ell volgués. El terrorista va enfundar-se la pistola i va escrutar una a una la cara d'aquells indis amb els ulls embenats. En Burger li va donar un matxet al seu company.

–Aquest! –va dir en Doctor.

Era Rupin Kaytal.

–Molt bé –va contestar en Burger–. Jo em quedo aquí. Emporta't aquest indi a la cabina... i ja saps què has de fer, oi?

En Doctor va agafar el braç d'en Kaytal i va col·locar la fulla del ganivet a l'altura de la nou de l'ostatge. En un anglès molt primitiu li va dir que s'alcés i que l'acompanyés, i va advertir-lo que si es movia un centímetre li llescava el coll com una síndria madura.

El segrestador va conduir al passatger a la cabina i el va fer agenollar darrere els seients dels pilots. En Kaytal continuava amb els ulls embenats i, potser perquè preveia el tràgic destí que l'esperava, va dir:

–Sou uns covards. Esteu maltractant gent innocent que no té res a veure amb la vostra absurda guerra.

En Doctor va desembeinar el matxet. Va observar l'indi de genolls a terra, amb la respiració accelerada. Va alçar el braç ben amunt sota l'atenta mirada d'en Red Cap i l'hostessa, que instintivament va tancar amb força les parpelles, i llavors va dir:

–Que Al·là t'aculli entre els seus braços.

–Covards! –va cridar en Kaytal un darrer cop.

Aleshores va enfonsar la fulla del matxet embogidament contra el cos de l'ostatge. Fins a vint vegades. La sang va esquitxar la cabina sencera en totes direccions: el vestit de l'hostessa –que plorava desconsoladament–, la roba d'en Red Cap i d'en Doctor i la pell dels seients dels pilots. En Kaytal, amb sons d'agonia, va caure contra la moqueta en posició fetal. Un bassal de sang es va començar a estendre de forma radial.

–Marxem d'aquí! –va dir en Red Cap–. Engega els motors i enlaira l'avió!

En Sharan va contactar amb la torre de control amb la veu trencada:

–Amristar... permís... ens enlairem... prenem el vol o ens mataran... aparteu el camió cisterna... tinc un dels meus passatgers dessagnant-se a la cabina... Amristar... pista lliure ja... si us plau.

Mentrestant, en Jaggia encenia els motors i en Red Cap li tornava a fregar el canó de la pistola a la coroneta i bramava consignes en urdú.

En aquell moment el segon camió cisterna, el que havia fet perdre la paciència als segrestadors i el que havia d'abastir l'altre tanc de combustible, apareixia a la pista en direcció al morro de l'avió. La torre de control seguia sense respondre. Els tancs de combustible estaven tan sols al trenta per cent.

–Amristar... feu marxar els dos camions... Amristar, pista lliure... marxem... si us plau, necessitem confirmació... pista lliure... –va demanar de nou el capità.

L'avió es va posar en marxa. El camió que estava subministrant l'ala dreta es va apartar cap a un voral. El segon seguia corrent de cara a l'avió. En veure aquell vehicle circulant en contra direcció, el segrestador va pensar que al seu interior hi anava un dispositiu policial. Els nervis van augmentar encara més a la cabina dels pilots. En Doctor va sortir de la cabina amb el ganivet regalimant sang i es va dirigir cap a la resta d'homes que havien seleccionat, que seguien immòbils i amatents a tots els sorolls esgarrifosos que caçaven al vol. El pirata aeri va fer alguns talls superficials a dos indis i va colpejar la mandíbula d'un home belga. Després, impassible, va netejar la fulla amb la samarreta del belga, va enfundar-se el matxet al cinturó i va seure tranquil·lament en una butaca lliure.

A classe turista seguien amb els caps acotxats. La vigilància dels altres terroristes –Bhola, Shankar i Burger– era extrema. L'Anna va notar de seguida com l'avió tornava a posar-se en marxa. Tenia la roba amarada de suor. En aquell moment, la psicòloga va començar a sentir el neguit de morir d'accident i no pas per un tret o una explosió. Mala peça al teler si es tornaven a enlairar. Vés a saber on farien cap.

L'avió va començar a accelerar mentre al seu davant, enmig de la pista, el segon camió cisterna frenava bruscament. El capità i el copilot, amb el timó subjectat com un imant entre els palmells de les mans, van començar a fer força en direcció al pit. Havien de fer volar la nau com fos. Van accelerar molt més. El camió cisterna era cada cop més a prop. La topada era imminent. Finalment, l'Airbus va començar a planejar. Xocar contra el camió cisterna hauria estat fatídic. El van sobrevolar per centímetres. Tornaven a estar a l'aire. Amritsar quedava enrere, petit com un pessebre que començava a encendre els llums enmig d'un paratge que s'ennegria per l'ocàs de la nit de Nadal.

* * *

En les tres dècades llargues que feia que el capità Sharan es dedicava a volar, mai s'havia trobat en una situació com aquella. Sí que havia rebut instrucció teòrica sobre assalts i segrestos, però a fe de món que la realitat sempre supera la ficció. Tot i que la seva pròpia vida corria perill –en Red Cap l'apuntava amb l'arma cada dos per tres–, el pilot mai es va preocupar per ell i sí que ho va fer pel passatge que duia. L'IC-814 travessava la nit amb els tancs de combustible a nivells ínfims i calia tornar a aterrar. Es trobaven en el mateix atzucac que abans d'arribar a l'aeroport d'Amristar. És per això que Sharan va insistir al segrestador que els feia falta omplir els dipòsits de veritat. D'aquella manera no podien seguir. A més, tota nau s'ha de revisar abans i després de qualsevol maniobra. De moment, havien fet dos enlairaments i un aterratge. La mecànica de l'Airbus tenia molts números de fer aigües.

–Hem d'arribar a Kabul –li va dir el pirata–. Els germans afganesos ens protegiran.

–Senyor –va interrompre l'enginyer Jaggia, que feia estona que no parlava–. Si em permet... Kabul és un destí massa llunyà per al fuel que portem. Ens tornem a trobar en les mateixes condicions que fa una estona.

L'Anna, acotxada al seient, va començar a tenir mal d'esquena. L'obsessionava saber quant de temps feia que estaven en aquella posició. La classe turista restava en silenci. Llavors, en Bhola –amb un subfusell penjat a l'espatlla –va encarregar-se d'abaixar totes les persianes de les finestretes. Era de nit, però volien desorientar al màxim el passatge. Quan va haver enllestit, en Burger els va recordar per megafonia que si feien un mínim moviment els executarien sense miraments. Tot seguit, el pirata es va dirigir cap a la cabina del pilot i va interpel·lar en Red Cap.

–Hem d'anar a Ginebra! –va cridar–. Aquest era el pacte entre tu i jo!

En Red Cap el va fer callar i li va ordenar que tornés a la classe turista. En Burger va girar cua i es va topar amb el cos moribund d'en Rupin Kaytal, que amb un fil de veu demanava aigua. El segrestador el va ignorar i va seguir en direcció a la cua de l'avió. Llavors, en Red Cap va ordenar al capità que aterressin al més aviat possible, omplissin els tancs al màxim i fugissin d'allí. Veient que estaven en una situació límit, en Jaggia i en Sharan van decidir arriscar-se i entrar de ple en l'espai aeri pakistanès. Van contactar per ràdio amb l'aeroport de Lahore i els van explicar la situació, però Lahore els va negar l'accés a pistes i els va pregar que fessin mitja volta. Capità i copilot van insistir, i van comunicar que portaven morts a bord i que havien de posar combustible. Lahore els va ignorar. Llavors, els pilots van decidir aterrar sense permís. Quan l'avió va ser ben a prop de l'aeroport pakistanès, la torre de control va ordenar apagar els llums de les pistes d'aterratge. L'IC-814 estava sobrevolant les instal·lacions a cegues. En Jaggia i en Sharan van tornar a recuperar altura, i com que el combustible ja estava gairebé exhaurit, es van aproximar cap a un lloc il·luminat per poder practicar un aterratge forçós. Van veure una autopista propera a l'aeroport. Tot i que hi circulaven cotxes, la desesperació a la cabina va provocar que es decidissin aterrar allí, malgrat que podien provocar un accident. Quan Lahore es va adonar de la gran responsabilitat que significava haver negat el permís d'aterratge a l'Airbus, va encendre de nou els llums de les pistes i va demanar a en Sharan que no cometés la bogeria d'aterrar a l'autopista. De cop, l'IC-814 va prendre rumb cap a l'aeroport de Lahore, i tot i la tensió acumulada va aterrar sense problemes i molt suaument.

En Red Cap va demanar als pakistanesos que carreguessin l'avió de combustible amb l'amenaça de matar més ostatges. Va comunicar que les execucions ja havien començat –va donar el nom de Rupin Kaytal– i va insistir que si no feien cas de la seva petició uns altres morts caurien sobre les consciències d'aquells funcionaris d'aeroport, igual que havia passat amb els d'Amritsar.

En aquell moment, a Lahore la vida del passatge no estava assegurada per ningú. Les relacions entre l'Índia i el Pakistan eren de gel massís. De totes formes, el CMG va posar-se en contacte amb les autoritats pakistaneses, regides en aquell moment pel president proamericà Pervez Musharraf, i es va arribar a l'acord –després de massa minuts de conversa– d'enviar una delegació negociadora de Nova Delhi cap a l'aeroport de Lahore. Tot i això, l'IC-814 va omplir els dipòsits en una mica més d'una hora i va tornar a enlairar-se, amb una destinació desconeguda i els tancs de combustible plens a vessar. De nou, el govern indi arribava tard –per segon cop– en una crisi aèria que s'estava complicant com mai havia passat.

* * *

Aeroport de Nova Delhi. 19.50h (15.50, hora catalana).
Ningú els informava. Els panells mostraven que feia hores que l'avió d'Indian Airlines havia d'haver aterrat però ni apareixia

«*delayed*» ni cap altre tipus d'incidència. Els familiars i amics dels passatgers s'aplegaven a la terminal 2 de l'Indira Gandhi, l'aeroport internacional de Nova Delhi, situat a setze quilòmetres de la capital del país. Uns quants, un pèl mosquejats per la situació, es van apropar als taulells de la companyia per demanar què passava amb l'IC-814, d'altres ho van fer als taulells d'informació del mateix aeroport. La resposta sempre era la mateixa: «Si us plau, mantinguin la calma. Se'ls informarà tant bon punt tinguem detalls fiables. L'únic que els podem dir és que l'avió està en ruta i que tothom està sa i estalvi.»

De cop i volta, una veu es va alçar més que la resta:

–Estan segrestats! Ho acabo de sentir a l'All India Radio!

Familiars i amics es van convertir en una marea de crits i corredisses descontrolades, i els agents de seguretat i els treballadors de terra van intentar contenir aquella riuada de queixes, de xiscles i d'empentes. Van intentar habilitar un racó de l'aeroport per a tots aquells que esperaven algun dels passatgers de l'Airbus, i van aconseguir dues fileres de cadires a prop del taulell d'Indian Airlines. Tres hostesses van demanar, de nou, tranquil·litat i els van assegurar que de seguida un responsable de la companyia o de l'aerolínia els informaria. Les cares de desesperació, les esbufegades i els nervis es van apoderar d'aquella gent, a qui la incertesa maltractaria uns quants dies; en els millors dels casos, unes quantes hores.

* * *

Nova Delhi. 19.57h (15.57, hora catalana).

Emilio Vilanova, mà dreta d'Alberto Escudero, l'ambaixador espanyol a l'Índia, passejava mig estressat pels carrers comercials de la capital per comprar els últims regals de Nadal. Havia aprofitat la tarda lliure per escapar-se de l'ambaixada i resoldre els encàrrecs que encara tenia pendents. Anava tard, molt tard. Va entrar atrafegat en una espècie de gran centre comercial quan, de sobte, la seva butxaca va vibrar. No recordava que portava la seva nova adquisició tecnològica a sobre: un flamant Ericsson T28 en el qual feia dies que somniava. Va despenjar. Una treballadora de l'ambaixada li va comunicar que quatre espanyols estaven retinguts en un vol d'Indian Airlines i que tot indicava que era un segrest. Va sortir del centre comercial i va agafar un taxi. Havia de parlar amb l'ambaixador com fos. Des del mateix cotxe va fer dues trucades, però no el va localitzar. Després va fer una tercera trucada a Madrid i va aconseguir parlar amb el secretari d'Abel Matutes, el ministre d'Afers Exteriors de l'època, que el va informar de tot el que sabien. Mitja hora després, Emilio Vilanova va arribar a l'ambaixada espanyola de Nova Delhi i va esperar pacientment fins que va localitzar Escudero. Havien de començar a treballar intensament pels seus compatriotes en la mesura que els fos possible.

* * *

A bord de l'IC-814.

La moqueta de la cabina estava totalment entollada de sang. El cos de Rupin Kaytal havia quedat estès en la mateixa posició fetal en què havia caigut després de les insistents punyalades d'en Doctor. Era mort. En Red Cap va ordenar treure el cos de l'indi de la cabina del pilot i arraconar-lo en un extrem de la zona de primera classe. Els altres tres homes colpejats i agredits seguien amb els ulls embenats, però la seva vida, semblava, no corria perill. Les ferides eren superficials.

En Burger va tornar a entrar a la cabina del pilot per parlar amb en Red Cap. Visiblement alterat, va insistir que havien d'anar a Ginebra. Ara tenien prou combustible per arribar-hi; ja no hi havia cap excusa. Als pilots, la idea de fer cap a

Suïssa els va semblar que podia donar esperances al passatge. En Sharan va pensar que si aconseguien aterrar a l'aeroport de Cointrin es trobarien en un país europeu i que el desenllaç podia ser molt millor per a tothom. El que no sabia el pilot era que la intenció d'en Burger no era aterrar a l'aeroport suís, sinó que volia fer d'aquell assalt una massacre gegantina i, de retruc, obtenir una cobertura mediàtica per a la seva causa com mai haurien imaginat. En Red Cap, però, va seguir negant-se a fer cap a Suïssa. La raó essencial que tenia el presumpte líder dels cinc terroristes era que si havia segrestat un avió era per reclamar l'alliberació del seu germà i no pas per matar innocents en nom d'una causa concreta. Llavors va demanar que el destí fos Kabul, a l'Afganistan, tal com havia exigit anteriorment. L'enginyer de vol va comunicar-se amb l'aeroport afganès i li van denegar la petició d'aterratge. Segons explicaven des de la torre de control del Hamid Karzai, fer un aterratge de nit en unes pistes encerclades per moltes muntanyes era massa perillós.

* * *

Mollerussa. 23.53 h.

L'Anna Lloret té un germà petit. Es diu Jaume, i el seu caràcter és molt semblant al de l'Anna. De fet, quan el vaig conèixer em vaig prendre la llicència de dir-li que, si ell hagués nascut dona, sols hauria pogut ser la seva germana. En Jaume recorda que aquella nit de Nadal van sopar marisc amb la seva parella –la Sònia– a casa dels seus sogres. Bé, de fet tots van menjar marisc menys ell, que diu que la seva sogra li va fer unes costelletes a la brasa. Després de l'àpat, van fer cap a un pub d'un poble a la vora de Mollerussa, Bellvís, que regentaven uns parents. Quan van arribar en aquell bar encara buit, una mica abans de mitjanit, un dels cambrers li va dir a en Jaume que havia sentit per la ràdio que havien segrestat quatre espanyols que anaven en un avió. Immediatament, els va demanar si volien una copa. El germà de l'Anna va preferir tornar a fora, al cotxe, per escoltar la ràdio i esbrinar per ell mateix què coi passava. Es va asseure darrere el volant i va sintonitzar Catalunya Informació. Va pensar que, sent el dia que era i l'hora que era, seria l'única emissora que li podia confirmar allò que sospitava. Quan va encendre l'aparell, va enganxar els esports. El locutor explicava que alguns vàndals havien cremat seients i havien llançat bengales el dia abans a l'estadi de Montjuïc en el partit Catalunya-Iugoslàvia. Era el segon any consecutiu que hi havia aldarulls en el tradicional partit de la selecció catalana i Jordi Vallverdú, responsable de la gestora de l'Estadi Olímpic, declarava que «si tornava a passar, potser s'haurien de replantejar si continuar o no amb la festa del futbol català». A les dotze en punt, l'emissora de notícies ininterrompudes va arrencar el bloc informatiu. Va ser en aquell moment, al tercer o quart titular, que es va adonar que en aquell avió segrestat hi anava l'Anna. En Jaume es va quedar assegut, va recolzar el cap al respatller i va fixar la mirada en l'agulla de la ràdio del cotxe, sense saber què fer ni com ferho. Al cap d'un temps indeterminat, la Sònia va sortir del pub a buscar el seu xicot. Se'l va trobar petrificat, mort de fred. Van decidir que no avisarien a ningú fins l'endemà perquè no volien espantar els pares, i se'n van tornar cap a casa gairebé sense acomiadar-se dels parents. Es van ficar al llit a les fosques, l'un al costat de l'altre, i cap dels dos va dormir més d'un minut.

* * *

Aeroport de Nova Delhi.

Un home vestit amb camisa i corbata es va erigir en portaveu de l'aeroport. Va demanar silenci. Familiars i amics van callar, amatents al que els havia de comunicar aquell senyor –que ni semblava d'Indian Airlines, ni semblava de l'Indira Gandhi, ni semblava del govern indi.

–Abans de res, els demano atenció i sobretot paciència –va dir–. Sabem que l'avió està retingut i que ha fet dues escales...

La cridòria el va tornar a interrompre.

–Si us plau, si us plau...! –va demanar–. Mantinguin la calma! Sabem que ningú ha pres mal i que ara estan volant cap a Dubai, on esperem que tots els passatgers i la tripulació puguin sortir de l'avió. Necessitem la seva col·laboració. Els mantindrem informats... però, sobretot, mantinguin la calma.

Tot seguit, una de les hostesses es va apropar al portaveu encorbatat i li va xiuxiuejar alguna cosa a cau d'orella. De nou, l'home va prendre la paraula:

–Per cert, aquí hi ha algun familiar dels senyors Kaytal? Rupin Kaytal i la seva senyora, Rachna...

D'un racó es va alçar una mà. Era el pare d'en Rupin. L'acompanyava la seva dona –la mare–, agafada al braç que li quedava lliure al seu marit, en una posició totalment compungida. Es van apropar lentament al portaveu, com si dins seu sabessin que aquell camí els dirigia de pet al patíbul.

–Som nosaltres –va dir el pare–. Ella és la meva senyora.

–M'haurien d'acompanyar, senyors Kaytal –va respondre l'home–. Sarah, porta'ls al despatx de la primera planta –li va demanar a l'hostessa–. Jo vinc immediatament.

Mentre els pares de Rupin Kaytal, tan lentament com abans, se separaven del grup al costat de l'hostessa, el portaveu va tornar a insistir que tothom mantingués la calma:

–En breu, un company o jo mateix els tornarem a informar. Fem tot el que està a les nostres mans. Volem que tots els passatgers estiguin amb nosaltres. Estic convençut que els bons déus ens ajudaran a tots plegats.

Van fer seure els pares d'en Rupin en un petit despatx amb les parets blanques. El brunzit del florescent era l'únic so que interferia entre els esbufecs del pare i els sospirs de la mare. Tal com els havia promès, el portaveu va fer acte de presència de seguida. L'hostessa Sarah s'havia quedat més enrere, recolzada a la porta de la sala. El portaveu va agafar una cadira i la va col·locar molt a la vora del matrimoni, a tres pams.

–Sento comunicar-los que el seu fill, Rupin Kaytal, ha mort. Els acompanyo en el sentiment. I, malauradament, no és l'únic. Sembla que tres passatgers més també han estat assassinats, encara que no en tenim una confirmació total –els va dir d'una tirada.

Els pares van arrencar un xiscle amarat del plor que feia estona que retenien a la gola, mentre s'abraçaven i les cadires perdien l'equilibri. El portaveu va especificar-los que Rachna Kaytal –la seva nora– seguia amb vida, o almenys aquesta era l'última informació que tenien. En aquell moment, el pare de Rupin Kaytal va tenir un infart de miocardi sobre la falda de la seva esposa.

* * *

A bord de l'IC-814.

Eren les dotze tocades. Començava el dia de Nadal per a aquells cent setanta-vuit passatgers retinguts. Com que aturar-se a Kabul era del tot inviable, el destí per al tercer aterratge seria Dubai. Així doncs, l'avió va emprendre el rumb cap als Emirats Àrabs, i en Red Cap va enviar un missatge per radiofreqüència dirigit a Nova Delhi: «Amics de l'Índia, heu de fer cas de totes les nostres demandes. Ja sabeu el que us toca! Si no compliu les nostres ordres al peu de la lletra, podeu creure que tenim un present per a vosaltres, el regal del mil·lenni.»

* * *

El 10 de gener de l'any 2000, l'*India Today* publicava que el govern indi havia perdut una gran oportunitat aquell 24 de desembre de 1999, quan l'IC-814 va aterrar per primer cop a Amritsar enlloc de fer-ho a Lahore. La impossibilitat de fer la primera escala en sòl pakistanès havia donat marge al CMG per afrontar una crisi terrorista al seu propi camp de joc, un avantatge molt important en aquests casos. Però el gabinet antiterrorista va ficar la pota, i va perdre la gran oportunitat d'or de posar fi a aquell segrest: les forces policials van arribar tard a l'aeroport i no es va poder frustrar l'assalt. Tampoc cap delegat del CMG a Amritsar va ser capaç d'agafar el comandament de la situació i dialogar amb els terroristes. Segons l'informe del gabinet de crisi, s'havia d'intentar retardar la càrrega de combustible de l'Airbus tant com fos possible; d'aquesta manera, els funcionaris i les forces de seguretat podrien avaluar i planificar al detall l'acció que els permetria evitar l'èxit del segrest. Resulta que dės de la torre de control es va arribar a estudiar la possibilitat que el primer camió cisterna punxés els pneumàtics de l'avió i el segon fes un assalt armat a bord. Però no va passar cap de les dues coses. Ara bé, el que no va passar –per sort i miraculosament –va ser un xoc entre el segon camió cisterna i l'Airbus. Quan la policia aeroportuària va decidir que calia contraatacar, va enviar el vehicle a tota velocitat cap a la pista d'aterratge amb la idea de bloquejar el pas a la nau. Es va avisar el conductor del camió que accelerés la velocitat just quan els segrestadors van obligar el capità a enlairar-se de nou. La desgràcia es va evitar perquè el conductor va desobeir l'ordre que li havien transmès: en lloc d'accelerar, va reduir la marxa, i quan es va adonar que s'estava a punt de produir un fatal accident va frenar el camió cisterna en sec, deixant que l'avió sobrevolés el vehicle pels pèls.

Aquella primera escala a Amristar hauria pogut fer canviar per complet el desenllaç del segrest. Potser s'haurien creuat més trets dels desitjables, però aquell malson s'hauria acabat en poques hores; això, si el govern indi hagués actuat amb la diligència que se li suposava.

9

QUI?

L'Airbus IC-814 va ser segrestat per cinc individus pakistanesos de mitjana edat relacionats amb els grups radicals que defensaven la independència del Caixmir; reclamaven l'alliberació de rebels del seu moviment, en especial d'un anomenat Maulana Massud Azhar, el germà gran d'un dels cinc i un dels principals líders del terrorisme sorgit del Pakistan a finals de la dècada dels vuitanta i principis dels noranta. Tots tenien antecedents criminals –per segrest o per assassinat, o per totes dues coses– i estaven en cerca i captura per les autoritats índies (i, de retruc, per les nord-americanes). Pels seus moviments en aquells vuit dies d'acció terrorista es va comprovar que tenien un bon domini de la manipulació d'armes, cosa que demostra que haurien estat instruïts per alguna cèdula més antiga i molt més experimentada. Els crims que havien comès i part de la seva biografia s'han recollit en molts informes policials internacionals i en diferents documents i bibliografia sobre terrorisme de caire islàmic. Actualment no se sap on paren, i ni tan sols se sap del cert si segueixen vius. Però, qui eren realment aquells cinc homes?

1. Ibrahim Athar (àlies *Red Cap*): nascut l'any 1965 a la ciutat pakistanesa de Bahawalpur. Mesura o mesurava 1,65. El més destacat d'aquest extremista és que és un dels germans petits de Maulana Massud Azhar. A priori, era el líder del grup, i per

això alguns cops en lloc de Red Cap se li deia *Chief* (patró). Es creu que és o era membre de Harkat ul-Mujahideen, l'evolució –o l'escissió– del grup que liderava el seu germà gran, Harkat ul-Ansar. Era el menys professional dels cinc terroristes, o si més no això és el que es desprèn del seu comportament a l'aeronau, que sembla més propi d'una novel·la de James Bond que d'un adoctrinament militar. És possible que la seva motivació terrorista vingués donada per raons emocionals (l'alliberació del germà) i no tant per raons ideològiques. Gairebé no parlava l'anglès i era fàcil reconèixer-lo, perquè era l'únic que duia un passamuntanyes cridaner: la resta dels segrestadors portaven els caps coberts amb colors foscos –blau marí o negre– excepte ell, que se'l cobria amb un passamuntanyes vermell. Les investigacions posteriors sobre en Red Cap evidencien que s'havia passat la major part de la vida treballant a la granja avícola de la seva família.

2. Sunny Ahmed Qazi (àlies *Burger*): no se sap la seva data de naixement exacta, però se sap que va néixer a Karachi (Pakistan), i concretament en una zona anomenada Defence Area. Se sap que parla o parlava urdú, hindi i anglès –com a mínim–. Mesura o mesurava un 1,70 i la seva característica principal era un defecte en un dit polze de la mà. Tot i que en un principi el líder del grup d'assaltants semblava en Red Cap, en Burger va acabar prenent les decisions més importants. Era clarament el més intel·ligent i qui va interactuar més amb el passatge, amb la tripulació de bord i també en les negociacions per l'alliberació de l'Airbus. De la mateixa manera, es va mostrar com un home amb una gran doctrina religiosa i amb unes profundes conviccions nacionalistes. El 2001 –un any i uns mesos després del segrest –va haver-hi un sonat atac al Parlament indi i alguns oficials d'intel·ligència van afirmar que un dels terroristes abatuts a trets era en Burger. D'altres afirmen que el mort no era ell.

Fins i tot alguns agents estan dividits en aquesta qüestió, i encara avui en dia no s'ha aclarit si el cadàver era o no el seu. El seu àlies –Burger– prové de la comunitat d'on és originari; res a veure amb un entrepà d'hamburguesa.

3. Shahid Akhtar Sayed (àlies *Doctor*): nascut en un barri de Karachi (Pakistan). Durant els anys posteriors al segrest, es va creure que en Doctor estava amagat en algun racó de la seva ciutat natal, tot i que aquesta dada mai s'ha confirmat d'una manera fiable. Hi ha un perfil de Facebook amb el seu nom i cognoms. L'àlies prové de la seva suposada competència per prescriure diversos medicaments a la seva comunitat.

4. Mistri Zahoor Ibrahim (àlies *Bhola*): se'l coneix especialment pel fet de formar part del grup dels cinc segrestadors. Més enllà d'aquells dies, poc més se sap de la seva vida privada. Dins de la nau és un dels que es va mostrar més obertament violent. Natural de la colònia d'Akhtar, un gran barri de Karachi (Pakistan), el seu àlies prové d'una paraula crossa que repetia sempre abans d'iniciar una conversa: «Bhola», que en urdú significa «aquest».

5. Shakir (àlies *Shankar*): d'ell és de qui menys informació es té; ni tan sols se'n coneix el cognom. Els pocs registres que es conserven d'aquest terrorista indiquen que és o era original de la ciutat de Sukkur, capital de la província del Sind (Pakistan). Alguns informes diuen que el seu nom complet era Shakir Rajesh Gopal, tot i que és una dada impossible de contrastar amb seguretat. Sembla, però, que era el més jove dels cinc juntament amb en Bhola.

* * *

A finals d'agost de 1999 o a principis de setembre d'aquell mateix any es va celebrar una reunió secreta a Dacca, la capital de Bangladesh. Això és el que va publicar al cap d'un temps el magazín *India Empire News*, una revista editada pel Ministeri d'Afers Estrangers indi. En aquesta reunió clandestina s'hi van trobar en Burger, en Red Cap (que actuava d'amfitrió), en Shankar, en Bhola i en Doctor. També sembla que hi va assistir Abdul Rauf (terrorista identificat per la policia xilena a principis de gener de l'any 2000 i el germà més petit de Maulana Massud Azhar i Red Cap), un presumpte sisè membre de la cèdula que s'hauria encarregat de proporcionar documentació falsa i part de l'armament per fer allò que aquells cinc radicals portaven de cap. Segons explica l'article, en Red Cap els va proposar segrestar un avió –havia de ser necessàriament d'Indian Airlines– per aconseguir l'alliberament del seu germà gran, que feia cinc anys que era a la presó. El pla consistiria a prendre el control d'un Airbus al Pakistan o a l'Afganistan –tot i que va acabar sent al Nepal– i, si el govern de l'Índia no cedia en les seves demandes, estavellar o fer volar pels aires la nau. Segons el magazín, en Red Cap tenia la complicitat d'una facció del règim afganès que els donava suport en l'atac terrorista. Tots cinc membres van estar-hi d'acord. Si el segrest s'acabava frustrant, acceptaven morir per la causa com a màrtirs, això sí, emportant-se per davant qualsevol innocent que trobessin. En aquella reunió mateix es va decidir quin seria el procediment per aconseguir passaports indis i tots els permisos necessaris per poder pujar a bord de l'avió. També es va decidir quin seria l'àlies de cadascú, un punt important a tenir en compte per evitar que cap ostatge pogués identificar-los amb facilitat.

Tres mesos després d'aquella primera trobada, es van tornar a reunir en un lloc desconegut del Pakistan. Era el 13 de desembre i en Red Cap ja portava tota una estratègia de segrest dibuixada al mil·límetre. Els va explicar que tots cinc pujarien (per separat, com si no es coneguessin) en un avió que s'enlairaria des de l'aeroport de Tribhuvan, a sis quilòmetres a l'est de Katmandú (Nepal). En Red Cap havia estudiat a fons aquell aeroport. Havia comprovat que les mesures de seguretat i les mesures d'embarcament eren molt laxes o gairebé inexistents, cosa que facilitaria molt poder regatejar els detectors de metalls. Hi hauria algun còmplice encarregat de pujar les armes a l'avió, algú (del qual no se sap la identitat, encara que es van trobar sospitosos) que no formaria part de la cèdula i que simplement actuaria mogut per un suborn econòmic –o per una extorsió–. En Red Cap també els va explicar que un cop asseguts a l'avió (s'asseurien repartits i en diferents classes) seria ell qui iniciaria l'acció després de cridar una contrasenya en concret. En *business class* de l'avió s'hi asseuria ell mateix, registrat amb el nom d'A. A. Shaikh, i l'acompanyaria en Burger, també amb un bitllet amb un nom modificat. En Bhola, en Burger i en Doctor s'asseurien a la classe turista utilitzant els seus noms reals. El dia marcat al calendari va ser el 24 de desembre, el dia de la seva cicatriu, l'atol de Cosmoledo per als cinc homes, el dia que, per bé o per mal, també els canviaria la vida per sempre més.

I se'ls va donar una darrera ordre: si un dels membres era capturat abans de pujar a bord, els altres revolucionaris de la cèdula abandonarien immediatament l'aeroport i s'escaparien de Katmandú per carretera fins a arribar a Bangladesh. Des d'allí, haurien de passar a una zona remota del Pakistan i amagar-s'hi durant molt de temps. El que no explicava l'exclusiva de l'*India Empire* és que abans de donar per conclosa la reunió en Red Cap va recordar-los –tal com havia fet a finals d'estiu– que si el segrest s'acabava frustrant estavellarien l'avió i moririen com a màrtirs. Just en aquell moment, en Burger –que encara no havia exterioritzat el seu caràcter de líder– va estirar el coll i va prémer les mandíbules; cap dels seus companys el va sentir, potser perquè ho va dir molt fluix, entre dents, però amb ràbia i convicció va pronunciar una paraula: «Ginebra».

* * *

El segrest de l'IC-814 es va acabar un divendres: el 31 de desembre de 1999. Vint-i-tres dies després d'aquell desenllaç, el govern indi va assegurar amb «proves irrefutables» que l'instigador de l'assalt era sens dubte Ibrahim Athar (Red Cap), germà de Massud Azhar. Els informes governamentals citaven fonts no identificades que explicaven que en Red Cap havia aconseguit un visat al Nepal, al mateix consolat de Karachi, i que en el document s'incloïa, en efecte, una foto on ell era clarament reconeixible. En aquest visat fals, s'esmenta la «nacionalitat pakistanesa del subjecte» i es proporciona una adreça en un districte de Sindh. El consolat nepalès va acceptar la sol·licitud del terrorista i va emetre un visat d'entrada múltiple vàlid durant seixanta dies a partir del 18 de novembre.

Els informes també expliquen els últims moviments d'en Red Cap abans de segrestar l'avió: «Els darrers tres mesos va passar per Karachi, va visitar Dacca, Katmandú i Mumbai amb regularitat.» El pirata havia aconseguit un visat per moure's amb tranquil·litat i anar col·leccionant còmplices i armes, però necessitava passaports: «A Mumbai va utilitzar les males arts del grup Chhota Shakeel, que li van aconseguir passaports falsos».

El dia d'entrega dels passaports, en Red Cap anava acompanyat pels altres quatre segrestadors. Segons les declaracions d'un còmplice de Chhotta arrestat, ell mateix va conèixer «els cinc integrants del segrest de l'Airbus al zoològic de Katmandú, on se'ls va entregar la documentació falsa». Resulta que en Red Cap, inquiet perquè sospitava que la policia podia seguir els seus passos, feia moure els seus homes per separat dins del zoo, «com en la millor tradició de les pel·lícules d'espies».

* * *

Durant els anys posteriors i encara en l'actualitat, les autoritats índies han estat buscant connexions que els portin a capturar tothom que hagués pogut tenir certa implicació en el segrest. El govern, molt avergonyit per no haver actuat de la millor manera en les negociacions per l'alliberament de la nau, ha intentat contrarestar els seus errors mantenint el cas obert –ni que fos de tant en tant– per apaivagar les veus d'alguns passatgers o familiars que sempre han considerat que es van cometre negligències d'estat. Això ha comportat, més enllà de trobar solucions, que el nombre d'errors governamentals s'incrementés. El 14 de setembre de 2012, un rotatiu de Nova Delhi publicava que un home resident a la ciutat caixmiri de Sopore havia estat identificat com un dels arquitectes clau en la trama del segrest. De nom Mehrajjudin Dand, va ser retingut alguns dies per la policia índia fins que un alt funcionari dels cossos de seguretat va retractar-se: «Vam creure que el senyor Dand tenia informació relacionada amb el segrest. Aquestes afirmacions, però, s'estan verificant. Ens vam equivocar. Ell no va formar part de la trama de l'IC-814.» D'altra banda, els documents presentats a la fiscalia suggereixen que Dand o els seus familiars no van tenir res a veure en absolut amb l'assalt a l'Airbus. Llavors, per què es va confondre la policia? Sembla que l'any 1987 Dand va creuar innocentment un control antiterrorista a Sopore juntament amb altres joves gihadistes. Tots els que van passar per allí –per accident o per casualitat–en aquell moment van quedar fitxats per la policia a l'acte, sospitosos de ser cadells o futurs revolucionaris islàmics. Les negligències, per tant, ja venien de lluny.

10

SEGON DIA DE SEGREST

(DISSABTE, 25 DE DESEMBRE DE 1999)

Rupin Kaytal va respirar per última vegada una mica abans de les dotze de la nit d'aquella vigília de Nadal. Des que va ser brutalment apunyalat per en Doctor, en Kaytal havia estat demanant una mica d'aigua per mullar-se els llavis. Ningú va escoltar els seus precs. Uns minuts després de perdre la vida, els segrestadors van tapar el cos dessagnat amb una manta d'estampat nepalès. La seva vídua Rachna –asseguda amb el cap acotxat en el seu seient– no sabria fins uns quants dies més tard que havia perdut el seu marit en aquell segrest. L'autòpsia d'en Kaytal es va redactar a Nova Delhi el diumenge 26 de desembre i deia, entre altres coses: «Diversos orificis produïts per arma blanca [...] Una ferida d'arma blanca a l'abdomen, quatre ferides d'arma blanca al tòrax [...] Dues ferides d'arma blanca al coll, on s'inclou una dissecció de la vena jugular [...] Sis ferides d'arma blanca a la cara [...] Abrasió nasal [...]».

* * *

A bord de l'IC-814.

A dos quarts de dues de la matinada, hora índia, l'IC-814 va aterrar a l'aeròdrom d'Al-Minhad, la base de les forces aèries de la Unió dels Emirats Àrabs (UAE) –a seixanta-quatre quilòmetres de Dubai–. Les forces policials de la zona havien acordonat les instal·lacions en coordinació amb el CMG. Tot apuntava que aquell seria l'últim aterratge de l'Airbus.

A Washington feia poques hores que s'havien assabentat del que estava passant; els ho havia comunicat el cònsol general nord-americà de l'Índia. Sembla que hi va haver alguna trucada des de la Casa Blanca on s'ordenava –literalment– a les forces dels Emirats un assalt a l'avió a primera hora del matí però, molt conscientment, des d'Al-Minhad es va suggerir que seria un error perquè encara no sabien l'abast del potencial dels segrestadors: ni quants eren ni com d'armats anaven. De totes maneres, des de la torre de control van poder parlar clarament amb en Red Cap. L'IC-814 negociava per primer cop amb un especialista en segrestos. Es va presentar com a Abdullah i es va disposar a escoltar el segrestador.

–Volem l'alliberació de Maulana Massud Azhar i que ens ompliu els dipòsits –va reclamar en Red Cap.

Després d'un cert estira-i-arronsa, l'Abdullah va aconseguir que els segrestadors prometessin l'alliberació d'uns quants passatgers en contraprestació a omplir els dipòsits de fuel. De moment, de la condició que Maulana sortís de la presó ja en parlarien més endavant. Les forces aèries de la UEA es van anotar aquella negociació com una gran gesta, perquè van fer-ne gala dies després als mitjans de comunicació. A més a més, si s'alliberaven alguns passatgers tindrien una informació de primera mà del que passava a bord de l'aeronau. L'únic inconvenient és que no havien tingut en compte que el passatge no havia vist pràcticament res: feia gairebé deu hores que tenien els ulls embenats.

* * *

Aeroport de Nova Delhi.

El CMG estava format per una cúpula d'alts càrrecs governamentals de l'Índia. Aquella matinada del 25 de desembre, es van reunir de manera formal –i aixecant acta– els sis homes forts de l'Estat: Atal Bihari Vajpayee (primer ministre), Prabhat Kumar (secretari d'Estat), Brajesh Mishra (assessor en Seguretat Nacional), Jaswant Singh (ministre d'Afers Exteriors) i L. K. Advani (ministre d'Interior). En aquella reunió, gairebé com si d'un consell de ministres es tractés, els va acompanyar Sharad Yadav (administrador d'Indian Airlines i ministre de l'Aviació Civil). En la trobada extraordinària Vajpayee va comunicar que aquell 25 de desembre, dia del seu aniversari, es cancel·laven tots els actes de celebració. Per la seva banda, Singh va informar que «des del Ministeri acabem de saber que l'avió es troba a Dubai i que ha estat impossible retenir-lo. Estem en contacte amb el govern dels Emirats per saber si podem assaltar l'avió. El nostre objectiu ara és que no arribi a l'Afganistan». D'aquella reunió d'urgència, poca cosa més va quedar registrada.

Els familiars, amics i acompanyants del passatge de l'Airbus seguien a l'espera de noves informacions al recinte de l'aeroport. La tensió anava en augment a mesura que passaven els minuts, i n'havien passat molts. Es va començar a gestar un grup de protesta que en les hores següents seria clau per fer pública la passivitat o la matusseria amb la qual el govern indi estava actuant davant del segrest.

* * *

A bord de l'IC-814.

L'avió havia recorregut una mica més de cinc mil quilòmetres en deu hores. Tota una exageració per a una màquina dissenyada per a vols interiors. El capità Sharan va advertir un altre cop en Red Cap que calia inspeccionar la nau si la intenció –gens recomanable– era tornar a enlairar-se. Llavors, el pirata –armat amb una pistola i una granada– i el pilot van baixar a la pista d'aterratge per donar un cop d'ull a l'Airbus. Pel cul de l'avió, van llançar una escala feta amb cordes i van descendir fins a trepitjar l'asfalt. A uns quinze metres, estaven totalment rodejats de vehicles i es veia moviment de persones. Uns quants focus molt potents il·luminaven l'avió mentre a l'ala dreta un camió cisterna començava a omplir el dipòsit de combustible. En Sharan va percebre en la llunyania que també hi havia càmeres de televisió enregistrant el quadre. Tots dos homes van fer un tomb per comprovar diferents punts. L'Airbus feia cinquanta-quatre metres de llargada i de punta a punta d'ala calia caminar-ne gairebé quaranta-cinc més. Tot i que el capità va comprovar que la nau estava en un estat immillorable, va intentar persuadir el seu captor i li va comunicar que la qüestió tècnica era delicada. Després, per la mateixa escala, van tornar a bord. Amb en Red Cap apuntant-lo per l'esquena, en Sharan va creuar els passadissos de l'Airbus a pas lleuger i va poder veure com tot el passatge –incloses les hostesses– estava amb l'esquena acotxada i amb el cap entre les cames. A qui no va poder veure va ser als altres tres segrestadors, cosa que el va estranyar profundament. A la cabina els esperaven el copilot i en Burger, que seguia brandant l'arma enfollit i nerviós. En Sharan va tornar a seure i els dos segrestadors van sortir uns instants de la cabina de comandaments. Aquella ocasió era gairebé única. En Sharan i en Jaggia estaven sols per primer cop des que s'havia produït l'assalt. Els dos pilots van ordir un pla ràpid per plantar cara als cinc revolucionaris, i quan es van haver posat d'acord el copilot va afegir: «Encara que no funcioni ens acabaran matant.»

* * *

Eren les cinc del matí i els dipòsits estaven del tot plens amb 68.150 litres de fuel. En Red Cap va ordenar al capità que enlairés l'avió en direcció a Kabul, a l'Afganistan. Abans, però, i amb l'ajuda del copilot, els segrestadors Bhola i Shankar van baixar el cadàver de Rupin Kaytal i el van col·locar estirat a la pista, a uns pocs metres de la nau. Seguidament, en Burger va escollir vint-i-quatre passatgers –dones i infants– i els va obligar a sortir de l'avió. També va fer marxar de la nau els tres homes ferits que eren a primera classe i que havien presenciat com havia agonitzat Rupin Kaytal. Aquell alliberament parcial de vint-i-set persones era el primer senyal que els segrestadors estaven disposats a negociar a canvi de certes condicions. La primera ja l'havien anunciat (l'alliberació d'Azhar), i la resta les anirien reclamant de mica en mica.

A les 6.01 de la matinada (2.01, hora catalana), l'Airbus va fer el seu quart enlairament en direcció a Kabul. A cabina van preveure que la durada del vol seria d'unes dues hores.

* * *

Aeroport de Nova Delhi. 6.13 h (2.13, hora catalana).
Va sonar un telèfon a les oficines centrals de l'aeroport Indira Gandhi. Segons el treballador que va atendre la trucada, una veu d'home va comunicar que formava part del grup de terroristes i va atribuir l'assalt al Front Islàmic de Salvament (FIS), la branca armada d'un partit polític d'Algèria. La trucada en cap cas es va poder confirmar i es va desestimar al cap de pocs minuts. Era una falsa alarma.

D'altra banda, el CMG va decidir cancel·lar tots els vols d'Indian Airlines relacionats amb Katmandú, tant d'arribada com de sortida. Aquella resolució va provocar la desaprovació de l'administrador de la companyia, Sharad Yadav, que pel seu compte va ordenar que li preparessin un avió des de Nova Delhi per viatjar cap a Dubai per recollir els ostatges alliberats. Va demanar que l'acompanyessin alguns periodistes de mitjans indis.

* * *

A bord de l'IC-814. 8.09 h (4.09, hora catalana).
L'IC-814 va haver de desviar el seu destí cap a Kandahar, a cinc-cents quilòmetres al sud-oest de Kabul. Resulta que l'aeroport de Kabul havia estat bombardejat feia pocs dies i que les pistes estaven impracticables per a un avió comercial com aquell. L'Aeroport Internacional de Kandahar va ser dissenyat als anys seixanta pels Estats Units gràcies a un programa de l'Agència per al Desenvolupament Internacional. Un dels objectius pel qual va ser construït pels nord-americans va ser servir de base aèria avançada en cas de guerra contra la Unió Soviètica.

Quan l'Airbus va aterrar, el capità Sharan va observar que hi havia una munió de tot terrenys del model Mitsubishi Pajero. A més, també va veure uns quants homes armats que va identificar com membres dels talibans, la milícia islàmica que controlava gran part del territori afganès. Encara no ho sabia ningú, però aquella trentena d'homes custodiarien l'Airbus fins al desenllaç final. Expressament, el capità va col·locar l'avió entre les pistes i una zona de pàrquing, travesser entre els dos espais. Potser, inconscientment, pretenia fer qualsevol cosa perquè no l'obliguessin a tornar a enlairar la nau, i allò li va semblar que era una bona manera d'aconseguir-ho.

El passatge seguia igual: tothom amb els ulls embenats i les persianes abaixades. No havien ingerit cap tipus d'aliment i feia pràcticament vint hores que no anaven al lavabo. L'angoixa i l'angúnia eren constants. L'Anna, totalment desorientada, tenia molta set. En aquella posició infernal, intentava evadir-se pensant en un altre lloc, però li resultava gairebé impossible: intentava recordar quan estudiava Psicologia a Tarragona, intentava recordar altres viatges que havia fet, com quan se'n va anar sola als Estats Units amb disset anys, o coses molt més senzilles, com quan anys enrere ajudava uns amics seus en un pub nocturn de Mollerussa i va aprendre a fer combinats de tot tipus. Però, tot i els esforços, el cap li demanava hidratar-se, i s'abocava irremeiablement als records del dia de la seva boda, quan va beure tanta i tanta aigua després de parlar tant i tant amb tothom. A la seva vora, notava la presència de l'Ignasi totalment callat i sentia la seva respiració sonora, apressada, com si intentés inhalar un oxigen que no li acabava d'omplir els pulmons del tot. Tenia la necessitat, gairebé la temptació, de mirar-lo, però estava massa atemorida. Feia hores que no es deien res l'un a l'altre. En aquell moment l'Anna hauria agraït que el seu marit hagués xiuxiuejat alguna cosa, el que fos: amb un «tranquil·la» n'hauria tingut prou. De totes formes, ella, malgrat pensar-ho, tampoc va fer res per trencar aquell mutisme.

* * *

Mollerussa, primera hora del matí.
En Jaume va saltar del llit d'un bot. No havia dormit en tota la nit. Es va asseure al matalàs i es va enretirar els cabells del front. Va mirar el radiodespertador i després va mirar la Sònia, que tampoc havia dormit ni gota. Encara no havien tocat les set. Es va dutxar i es va vestir d'una revolada. Just després, va trucar a casa els pares. A l'altre costat del telèfon, en Santi li confirmava que també s'havien assabentat de la notícia a través d'uns parents que els havien avisat. Pare i fill no s'havien trucat fins a l'endemà amb la mateixa intenció: no fer patir l'altre. Van quedar que tots dos anirien a la comissaria dels Mossos d'Esquadra de Mollerussa per fer una denúncia. Almenys, les autoritats catalanes tindrien constància formal del segrest a través dels familiars de la noia. En tornar de la comissaria, en Jaume es va quedar a casa els pares i, encara sense saber del cert què passaria, s'hi acabaria instal·lant uns quants dies i unes quantes nits més. Des de primera hora del matí, la CNN havia emès les primeres imatges de l'avió a Kandahar.

La mare de l'Anna, la Núria, que s'aguantava els plors com podia, va restar enganxada al televisor per satèl·lit mig matí, fins que marit i fill petit van aconseguir apagar l'aparell. En aquella casa no es tornaria a encendre la tele amb normalitat fins a l'1 de gener.

Cap a les onze els va visitar l'alcalde de Mollerussa, Toni Bosch, que es va trobar «literalment una família desolada», tal com declararia molts anys després en l'entrevista que li vaig fer. Com a batlle, els va assegurar que el consistori municipal els donava tot el suport necessari i que s'estudiarien totes les possibilitats per ajudar a solucionar aquella situació dramàtica. També els va dir que aniria passant regularment a visitar-los.

–De fet, ara vaig a veure els seus consogres –va assegurar l'alcalde–. M'han dit que també estan patint un calvari, com vostès.

Tot seguit, la Sònia va arribar a casa dels Lloret amb una bossa de roba per al seu marit, un necesser i un llibre de Stephen King. La nora dels Lloret-Rovira va ajudar la seva sogra a congelar els canelons que havia preparat per al dinar de Nadal, una tradició que en aquella llar mai s'havia interromput fins llavors.

* * *

A bord de l'IC-814.
Quan s'havien quedat sols a cabina, el capità Sharan i el copilot Jaggia havien danyat el sistema elèctric de l'Airbus. A més, les vàlvules dels tancs de combustible estaven totalment malmeses a causa d'haver carregat fuel diversos cops a corre-cuita. Ara sí que tornar a fer un altre enlairament era mecànicament impossible. A cabina estaven convençuts que l'avió ja no es mouria d'allí, però que ara la seva vida perillava més que mai: sense un avió útil, no faria falta que els pilots seguissin vius. En Sharan

i en Jaggia es van mirar als ulls i es van encomanar a totes les deïtats que coneixien.

* * *

Dubai, al migdia.
Yadav Sharan, l'administrador d'Indian Airlines i ministre de l'Aviació Civil, i la cort de periodistes es van reunir amb els vint-i-set alliberats en una sala d'un edifici annex del Ministeri de l'Interior dels Emirats. Els tres ferits, però, estaven hospitalitzats en un centre mèdic governamental al nord-oest de la ciutat. Molts dels alliberats van explicar el que havien presenciat a bord de l'Airbus mentre els redactors indis prenien notes i els interrogaven per a les seves publicacions. Van explicar que havien comptat cinc segrestadors armats amb fusells, granades i ganivets, que aquests havien separat el passatge en dos (d'una banda quinze homes –on hi havia Rupin Kaytal– i de l'altra banda la resta de persones) i que els havien identificat com caixmiris; semblava que tenien més obsessió amb els occidentals que amb els autòctons, ja que s'havien preocupat d'agrupar-los a la part davantera de la classe turista.

Després d'esprémer els seus records i experiències, se'ls va oferir descansar unes quantes hores en un hotel proper juntament amb els periodistes. Mentrestant, el ministre de l'Aviació Civil va agrair l'ajuda rebuda a les autoritats de la UEA en una roda de premsa i no va perdre l'oportunitat d'aparèixer en totes les fotos que va poder.

Al cap d'unes hores, els vint-i-set alliberats tornaven cap a Nova Delhi acompanyats per Yadav Sharan i els periodistes. A l'avió facilitat per Indian Airlines també hi havia el fèretre de Rupin Kaytal.

* * *

A bord de l'IC-814.

En Burger va anunciar per megafonia que tothom es podia redreçar i treure's les benes dels ulls, però que les persianes havien de seguir abaixades. A poc a poc, el passatge es va anar incorporant i va adoptar una posició més natural. L'Ignasi es va destapar els ulls i va sospirar recolzant la nuca al capçal del seient. L'Anna li va preguntar com estava i ell li va dir en veu baixa, sense buscar-li els ulls, que tenia l'esquena cruixida. Després li va dir que callés, que no volia cridar l'atenció. L'Anna va pensar que l'Ignasi potser tenia raó i va callar, obedient.

Els pirates van donar permís a uns quants passatgers –sols indis– per anar al lavabo, en ordre i d'un en un. Llavors, quan l'Ignasi va veure que alguns ostatges s'aixecaven per acudir als serveis, va alçar el braç.

–Ignasi... abaixa el braç –va demanar-li l'Anna–. Ha dit que sols poden anar al lavabo els autòctons.

–No puc més! M'ho estic fent a sobre! –va replicar ell–. A més, ho has entès malament... ha dit que qui hi volgués anar que alcés el braç, i és el que estic fent.

–Ignasi, abaixa el braç, per l'amor de Déu –va insistir l'Anna.

–Sempre estàs igual! Jo entenc l'anglès tan bé com tu!

–Saps que no és cert, Ignasi... abaixa el braç. T'ho suplico!

En Burger va veure com l'occidental demanava permís per aixecar-se i es va apropar a ell. Amb el canó de l'arma li va assenyalar el camí que havia de prendre en direcció als serveis, i li va donar quatre indicacions en anglès que ell no va entendre malgrat que va assentir amb el cap. L'Ignasi va desaparèixer en direcció als lavabos mentre el terrorista el seguia a un metre. Quan van sortir del seu camp de visió, l'Anna va esbufegar, angoixada, encesa i fora de si. Mentre esperava que el seu marit tornés a seure amb ella, va observar el seu voltant. Es va adonar que als seients de davant i de darrere hi havia occidentals quan abans no hi eren, però no va gosar dirigir la paraula a ningú. De sobte, va recordar que havia guardat la seva llibreta i el seu Pilot de punta fina al porta-revistes que tenia als genolls. Allò, inexplicablement, la va fer sentir un xic més segura. Havia suat molt i notava una olor desagradable que emanava del seu propi cos. Seguia assedegada però sense gana, i tenia la boca com una sola de sabata. Va mirar el rellotge de polsera. Hi marcava dos quarts de sis, però no sabia si era de dia o de nit. El temps s'havia convertit en una espècie de goma elàstica feta de vaivens que li provocaven una desorientació com mai havia experimentat abans.

Al cap de poca estona, les hostesses van repartir arròs bullit –un puny per a cadascú, més o menys– que servien en bocins de paper d'alumini en forma de bol de menjar. També van repartir aigua. No sap com, l'Anna va recollir dels seus peus una llauna de Seven Up buida que entre enlairaments i aterratges havia acabat rodolant fins on era ella. Va demanar que l'hi servissin en aquell recipient. Va creure que n'hi cabria més que en un got de plàstic i que, per la mateixa forma més hermètica de la llauna, se la podrien dosificar molt millor entre ell i ella. Estava clar que la hidratació escassejaria en les properes hores. Feia bastants minuts que l'Ignasi havia marxat i va començar a pensar en el pitjor. Ara bé, no havia sentit cap tret ni tampoc cap soroll sospitós. Potser el seu marit estava fent cua. Va empassar-se l'arròs com va poder i en va deixar la meitat per a ell; també va fer petits glops d'aigua, esbandint-se bé les dents, la llengua i el paladar per calmar la sensació agònica de la set.

En Burger es va quedar davant de tots ells, observant-los i parlant de tant en tant sobre les atrocitats que cometia l'Índia, en una posició de vigilància que mantindria gairebé durant tot el segrest. L'Anna va caure en aquell moment que feia moltes hores que no es prenia les pastilles. Resulta que la Lloret té problemes de tiroide. No és una malaltia complicada, però li cal una dosi de medicina diària per regular bé la seva activitat glandular. Llavors, en un acte de valentia o d'inconsciència (allí dins les fronteres entre el valor i el sentit comú eren molt relatives), va alçar el braç per cridar l'atenció del segrestador. Així, d'aquesta manera, podria veure si el seu marit estava fent cua o no. En Burger se la va mirar apuntant-la lleument amb el seu fusell i va fer un gest sec amb la barbeta com convidant-la a expressar-se.

–Què vols, dona? Parla ràpid –li va dir des del seu punt de vigilància.

La psicòloga li va explicar que li calien unes pastilles que tenia a la bossa de mà i va demanar-li permís per anar a buscarles. Tot i que l'Anna no tenia cap esperança que li permetés ferho, el pirata aeri li va contestar que hi anés ràpid i tornés sense fer escarafalls de cap tipus.

–Tens menys d'un minut –va advertir el terrorista aeri–. Afanya't que estic de mal humor!

La noia es va aixecar del seient i de seguida va notar un fort dolor a les cames, una flaquesa de forces que la va obligar a caminar més a poc a poc del que hauria volgut. Va passar pel costat d'en Burger recolzant-se als capçals dels seients, i aquest li va repetir que accelerés el pas.

–Més ràpid, dona! –va insistir.

Va passar cap la *business class*; el segrestador no l'acompanyava. Va veure els homes seleccionats, que seguien amb els ulls embenats, i va sentir molta angúnia per la barreja de líquids que amaraven la moqueta. A l'extrem, tocant a la cabina del pilot –que restava amb la porta oberta–, va veure les bosses de mà apilades en un munt. S'hi va adreçar i apartant un parell d'embalums, de miracle, va trobar la seva motxilla a l'instant. Va agafar les pastilles i se les va guardar a la butxaca. Llavors va percebre com en Red Cap, al llindar de la cabina, parlava en un anglès deficient amb en Shankar i li va semblar sentir «*pencil batteries*», o sigui, piles de liti domèstiques. Sense perdre temps, va tornar cap al seu lloc i llavors es va fixar en les cares dels ostatges que tenia asseguts a les files davanteres: una japonesa que estava sola davant de tot, un noi d'uns trenta anys castany i una senyora d'uns cinquanta al costat d'aquest, però cap rastre del seu marit. L'Anna va seure nerviosa, va ficar-se una pastilla a la boca i la va engolir amb un petit trago d'aigua de la llauna mentre rumiava la manera de trobar l'Ignasi i es preguntava el significat d'allò que havia sentit d'unes «piles». El mateix pensament que l'Anna tenia el capità Sharan, assegut al comandament, que havia sentit amb molta més precisió les paraules d'en Red Cap. Concretament, el segrestador havia fet referència a «sis piles de liti», i també havia parlat de «control remot». El pilot, en la seva ment estressada i que sobreeixia esgotament, va agafar aquells dos conceptes i va ficcionar el diàleg del segrestador construint la frase «utilitzarem les sis piles de liti com a control remot per als detonadors». Llavors, amb el recel que aviat en passaria una de grossa, es va dirigir al seu copilot en veu baixa:

–Crec que volen fer explotar l'avió. Em penso que tenen explosius a la bodega –va xiuxiuejar–. Ara que ja no podem moure l'aparell, s'immolaran amb nosaltres a dins.

* * *

Mollerussa, cap al vespre.

Catalunya Informació no donava més detalls dels que ja sabien des del dia anterior. Havien passat tot el matí i tota la tarda amb un desconcert absolut. La Sònia, que l'endemà treballava, es va acomiadar dels seus sogres i del seu xicot i se'n va anar a dormir a casa seva amb la promesa que li trucarien si hi havia qualsevol novetat, fos l'hora que fos. Començava a enfosquir i en Jaume va treure el cap per la finestra. Va veure com dues càmeres de dos canals de televisió diferents encenien els focus i els apuntaven als seus redactors. Un tercer càmera dirigia els focus cap a la façana per il·luminar les finestres i poder veure l'interior de la casa. Aquell era l'inici del que en argot periodístic s'anomena «alimentar la bèstia», que suposa que redactors amb sous humils –o precaris– pressionats pels seus caps de torn, periodistes assetjats pels seus superiors en els consells i reunions d'edició –tot i que després, un cop tornen a les seves taules o escriptoris, tenen grans dilemes morals–, han de fer el que els han encomanat: buscar uns familiars en situacions tràgiques, arrencar plors, trobar imatges d'infantesa de les víctimes quan aquestes gaudien d'una vida feliç en contraposició a la d'ara; és a dir, reflectir el drama o el melodrama. En definitiva, tornar a la redacció amb tota la carnassa possible per publicar. Prohibit tornar amb les mans buides o amb material «sense ganxo». Com més vísceres i residus, millor.

Clarament, el carrer de casa els pares de l'Anna començava a bullir: molts veïns es passejaven per davant de l'immoble i molts d'altres miraven l'incipient escena des dels seus balcons. El petit dels Lloret va esbufegar per aquella presència mediàtica i veïnal, però va decidir no dir res per no amoïnar els pares. El que no sabia era que el pitjor encara havia d'arribar. Va enretirar la cortina i just en aquell moment va sonar el telèfon. La Núria, asseguda al sofà, va mirar el seu marit. Ell li va fer un gest per calmar-la i va contestar a l'aparell. A l'altre costat del fil telefònic, Abel Matutes, el ministre d'Exteriors, li comunicava en un català salat propi d'Eivissa quina era la situació: l'avió es trobava a Kandahar i semblava que els espanyols retinguts estaven sans i estalvis. A més, Matutes els va comunicar que el govern estava en contacte constant amb l'ambaixada índia a Espanya i amb Alberto Escudero. El ministre va prometre a en Santi que els trucaria cada dues o tres hores i, sobretot, els va demanar, ja que era el dia de Nadal, que no perdessin l'esperança.

–Han de ser forts, senyors Lloret –va encoratjar-los Matutes–. Estem en contacte directe amb la nostra gent de l'Índia per trobar una solució ben ràpid.

Aquell vespre, els pares de l'Anna es van quedar asseguts al sofà, arraulits tots dos, fins que el seu fill petit els va aconsellar –potser els hi va obligar– que beguessin una mica de brou calent i anessin al llit. Si més no, s'havia de descansar tot el possible, encara que la son i la gana haguessin abandonat aquella casa feia moltes hores. Quan es va quedar sol, en el silenci de la nit, en Jaume va anar a l'habitació de la seva germana –que encara es conservava tal com la tenia de marreca–, es va estirar al llit vestit i va encendre el petit flexo de la tauleta. Va fer un manyoc amb el coixí per poder acomodar la nuca i va agafar el llibre que la Sònia li havia portat al matí juntament amb les quatre peces de roba. Era una novel·la que havia llegit feia molts anys, tants com tenien els objectes d'aquella habitació de sa germana. Es va mirar bé les lletres blanques de la portada i en veu alta va recitar: «*It*, de Stephen King. Mil dues-centes cinquanta pàgines.»

* * *

Com és habitual, la informació poc contrastada o dosificada amb comptagotes produeix confusions, més de les desitjables. Aquell 25 de desembre de 1999 –l'endemà de l'assalt–, la majoria de la premsa explicava que els segrestadors d'un avió indi havien matat quatre passatgers a Amritsar. També s'indicava que «quatre turistes espanyols hi viatjaven a bord». L'única persona espanyola que s'identificaria del cert en les hores següents i en la majoria de teletips d'agències de premsa seria l'Anna, i si va ser així és bàsicament perquè en Santi i en Jaume havien anat a fer una denúncia als Mossos per deixar constància de les seves sospites. El diari *El Mundo* publicava un dia després, el

26 de desembre, que «poco antes de recibir la confirmación de Exteriores, los familiares del matrimonio catalán habían acudido a la comisaría de los Mossos d'Esquadra de Mollerussa para advertir de que Anna Lloret podía viajar en ese avión secuestrado». El mateix article explicava que el Ministeri d'Exteriors espanyol havia tingut moltes dificultats inicials per trobar la identitat dels compatriotes segrestats i contactar amb les seves famílies, ja que a la llista de viatgers de l'Airbus facilitada per la companyia aèria no hi constava el segon cognom i tan sols figurava la inicial del nom.

Però, per què la premsa donava per fet que hi havia quatre morts quan tan sols n'hi havia un? Per exemple, *El País*, en la seva edició conjunta per als dies 25 i 26 de desembre (que precisament és una de les dues dates de l'any que les redaccions aturen l'activitat per complet) publicava que «los secuestradores dieron muerte a cuatro pasajeros cuya nacionalidad se ignoraba anoche». L'explicació d'aquesta imprecisió és tan fàcil com evident: en algun moment mentre l'Airbus estava dirigint-se a Lahore (i per tant quan ja deixaven enrere Amritsar), els pilots havien comunicat per ràdio la mort de quatre passatgers, perquè creien que, a banda de Kaytal, en Doctor havia assassinat els tres que sols havia ferit. Aquesta informació va arribar inexplicablement a les agències de premsa i va córrer com la pólvora. El més sorprenent és que en la mateixa transmissió els pilots havien comunicat, sense que en Red Cap se n'adonés, que havien sentit que un dels possibles destins finals era Ginebra, cosa que va passar desapercebuda del tot. Però per què Ginebra? Quina intenció tenien els terroristes per voler arribar fins a la capital de Suïssa amb un avió ple de passatgers i de querosè?

11

TERCER DIA DE SEGREST

(DIUMENGE, 26 DE DESEMBRE DE 1999)

A trenc d'alba, el germà petit de la Lloret ja feia moltes hores que llegia, i almenys, per poc que fos, estava distret seguint l'argument d'aquella novel·la de Stephen King. Quan va notar que la nit ja no entrava amb tanta força per les finestres mig obertes, va sortir del llit, va deixar el llibre sobre la tauleta i en silenci va anar descalç cap al menjador per encendre el televisor. Va buscar la CNN pel satèl·lit. En aquell moment, va veure unes imatges que li mostraven el morro de l'avió amb molta nitidesa. També es veia passejant un parell d'homes amb turbant vestits amb una espècie de gel·laba que duien fusells a l'espatlla. Els titulars a peu d'imatge especificaven que era una emissió en rigorós directe des de Kandahar. Va treure el *mute* de la tele, va abaixar el volum fins a les dues ratlletes per no despertar els pares i es va apropar a l'aparell per escoltar bé què deien aquells locutors, però de seguida va sentir soroll al passadís.

–Jaume –va dir la mare en veu baixa–. Que diuen alguna cosa nova de l'Anna?

–Mare! –va exclamar son fill caminant en direcció a ella–. Fes el favor de tornar al llit, que has de dormir. Segur que t'has passat tota la nit en blanc, no?

–Ton pare tampoc no ha dormit gens –va contestar-li fent-se la desentesa–. És l'avió on va l'Anna, aquest de la tele? Posa veu, fill!

–Parlen anglès, mare. No els acabo d'entendre, i en tot cas no saben més coses que nosaltres. Fes el favor de tornar al llit, que has de descansar.

En Jaume va apagar la tele tot d'una, va acompanyar sa mare fins a la seva habitació i després va tornar al llit de l'Anna. Va mirar l'hora. Era un quart de sis de la matinada i de son no en tenia pas, però alguna cosa havia de fer per evadir-se dels seus pitjors pensaments. Llavors, va tornar a agafar el llibre per allà on l'havia deixat i va continuar llegint en silenci.

Al carrer, els periodistes seguien fent guàrdia i esperant que algú fes declaracions.

* * *

A bord de l'IC-814.

En Burger va entrar enfurismat a la cabina del pilot i li va comunicar alguna cosa en veu baixa a en Red Cap, que estava dempeus recolzat en un dels ordinadors de bord. Després, va sortir en direcció als ostatges renegant com si se l'emportessin els dimonis.

–Heu parlat amb la torre de control sense el meu permís –va dir en Red Cap al pilot, tenint cura que en Burger ja hagués escampat la boira.

–No –va negar rotundament el capità–. És impossible. Ens esteu vigilant tota l'estona i nosaltres estem fent tot el possible per complir les vostres ordres –va afegir, poc convincent.

–El meu company m'acaba de comunicar que a la ràdio estant donant detalls de com anem vestits. Fins i tot estan explicant que portem sabatilles Nike –va insistir tranquil·lament el pirata.

El pilot va encongir-se d'espatlles i ho va negar amb el cap. El copilot va afegir-se al gest, esforçant-se una mica més a posar una cara convincent. Tots dos sabien que estaven mentint tan bé com podien, perquè sempre que n'havien tingut la mínima ocasió havien intentat explicar detalls del segrest a l'exterior.

–Estàs dient que el meu germà és un «home de tripijocs»? –va preguntar en Red Cap.

El pilot va negar amb més contundència.

–Farem una cosa –va proposar en Red Cap–. Ara tornarà en Burger i escoltarem la ràdio mig minut. Si el locutor diu una sola paraula sobre nosaltres et mato aquí mateix. Si no, et deixo viure.

En Red Cap va clavar el canó de la pistola a la coroneta del capità i va fer tornar en Burger, que duia un transistor domèstic en una butxaca del camal dels pantalons. El pirata va encendre l'aparell i el va sintonitzar amb les agulles. De sobte, però, l'aparell va fallar. Llavors, en Burger va treure les piles velles i les va canviar per dues de noves que portava a sobre. Tot i això, l'aparell no reaccionava. Immediatament, en Red Cap va deixar d'apuntar el capità i li va prendre la ràdio a en Burger. La va sacsejar amunt i avall sense èxit: no se sentien ni interferències.

–Has tingut sort, noi –li va etzibar el pirata tornant a encanonar la pistola al seu cap–. Emporta't aquesta merda fora d'aquí! –va cridar en Red Cap tot renyant en Burger.

El terrorista, capcot i mig avergonyit, va tornar cap a la classe turista. De nou, pilot i copilot havien esquivat la mort gràcies a l'atzar. I, si més no, van saber que les piles de liti que duien els segrestadors no eren prou potents per fer detonar res de res, ja que no suportaven la força d'un aparell elèctric d'un consum mínim. O almenys això semblava.

En Burger va tornar a la seva posició de vigilància davant dels ostatges, remenant insistentment l'aparell de ràdio per comprovar que no s'havia espatllat. Tots els seus intents van ser inútils. Llavors, en una espècie d'atac d'ira, va recórrer el passadís i va fer espetegar el transistor al fons de l'avió. Se sentia impotent. Els altres tres segrestadors, Shankar, Bhola i Doctor, que estaven repartits pel passatge, van apropar-s'hi per tranquil·litzar-lo. En Burger els va fer una proposició:

–En Red Cap no reacciona, companys –va advertir els altres tres–. Si no fem alguna cosa ràpid, acabaran assaltant l'avió i no haurà servit de res.

–I què proposes? –va preguntar en Shankar.

–Hem de tornar a enlairar l'avió i dirigir-nos cap a Suïssa. Hem de morir per la causa, germans. Estavellarem aquesta nau contra els carrers de Ginebra com si fos un míssil enviat des del Paradís –va dir agafant-se les mans com si pregués.

–Però haurem de convèncer en Red Cap –va asseverar en Bhola–. I una altra cosa, potser la més important: aquest avió ja no es pot enlairar.

–Jo penso el mateix –va afegir en Doctor–. Està molt malmès. Hem fet massa aterratges.

–Esteu amb mi o no? –va preguntar en Red Cap–. Hem d'emprendre alguna acció aviat.

En Shankar, en Bhola i en Doctor van estar-hi d'acord. Després van tornar als seus seients per seguir vigilant al passatge, tal com havien fet les darreres hores. Al cap d'uns pocs segons, en Burger va tornar a creuar el passadís en direcció a la part de davant. Quan va ser a l'altura de l'Anna, es va ajupir i va recollir una cosa de terra. Era algun element petit que es va estar mirant molt a prop del nas. Després va aixecar el braç amunt i va cridar ben fort perquè tothom el sentís:

–De qui és aquest anell? –va preguntar malhumorat, sense aconseguir resposta.

El passatge restava en un silenci absolut. Els crits del terrorista eren esfereïdors. La seva veu era com trencada, embogida. Va tornar a fer la mateixa pregunta caminant en direcció a la cua de l'avió. Llavors, l'Anna va mirar cap enrere, magnetitzada per l'instint de la curiositat. En Burger tenia un anell a les mans que mostrava amb vigor als ostatges per buscar-ne l'amo.

Ningú gosava dir ni una paraula, morts de por. Una calor insuportable va envair les galtes de la Lloret, com si fossin objecte del foc, quan tot mirant-se les mans va comprovar que havia perdut l'anell de nacre que portava. El de casada, però, sí que el duia. No sabia com ni quan, però ara veia que el terrorista el brandava neguitós pel mig del passadís. Inconscientment, o menys conscient del que hauria estat en una situació sense l'estrès d'estar mancada de llibertat, el va reclamar tímidament.

–És meu –va dir dirigint-se al terrorista.

En Burger va caminar fins on estava asseguda i l'hi va tornar. Inexplicablement, el gest del pirata va ser amable. Fins i tot li va notar un rictus alegre a la cara quan el va mirar als ulls.

–Te'l torno –va dir-li mentre l'hi oferia subjectant-lo amb els seus dits bruns–. Que quedi clar que no som uns lladregots qualssevol.

Feia un dia sencer que no sabia on parava l'Ignasi. El posat compassiu d'en Burger li donava esperances que el seu marit no fos mort. Intentava convèncer-se que no havia passat res i feia volar coloms: potser s'ha amagat, potser s'ha assegut en un lloc on algú necessitava ajuda, potser s'ha escapat, pensava.

* * *

Eric de Mul, coordinador de l'ONU per als Assumptes Humanitaris, va arribar a Kandahar per vetllar pel benestar de les persones que encara quedaven retingudes a l'avió. Tot i que els seus comandaments havien anunciat al govern indi que les Nacions Unides sols intercedirien per ajudar en qualsevol aspecte menys el polític, De Mul va prendre la decisió de parlar amb els segrestadors des de la torre de control i intentar apropar posicions en les negociacions, que estaven totalment congelades. De nou, en Red Cap va exigir l'alliberació de Maulana Massud Azhar tot i que l'enviat de l'ONU els va especificar que el govern indi estava tancat en banda i que no acceptarien una proposta com aquesta. Llavors, els segrestadors van llançar un ultimàtum:

–Si d'aquí a vint-i-quatre hores el meu germà no està entre nosaltres, lliure, sa i estalvi, faig volar l'avió pels aires –va dir en Red Cap a De Mul–. Tenim prou explosius a la bodega de l'avió per convertir aquest aparell en un munt de minúsculs bocins de ferralla! Ho juro pel meu Déu!

* * *

Aeroport de Nova Delhi.

Com en una òpera, la incertesa es mantenia i anava *in crescendo.* La falta d'iniciatives diplomàtiques i la tossuderia dels segrestadors mantenien en suspens el desenllaç de tot plegat quan ja es complien tres dies de martiri. Després de la conversa per ràdio, Eric de Mul va enviar un fax a l'aeroport de Nova Delhi, on el CMG estava aquarterat. El portaveu de l'ONU explicava per escrit la conversa que havia mantingut amb en Red Cap i exposava l'exigència del pirata i el termini que havia concedit abans de cometre una gran matança. El CMG tenia un dia. El rellotge ja anava fent el compte enrere. Aquesta semblava la darrera amenaça. Els segrestadors havien esgotat la paciència.

Tot i que la situació s'havia posat extremament complicada, el primer ministre indi, Atal Bihari Vajpayee, va fer una roda de premsa al mateix aeroport de Nova Delhi. Segons el que recollirien els mitjans, el govern indi mantenia la seva rigidesa, tretze són tretze: «El nostre país no atendrà les exigències dels segrestadors», va declarar el polític amb un to desafiant. «Fa anys que ens vam proposar no negociar amb assassins i no ho farem. Ni ara ni mai. L'Índia no perdrà la dignitat. Aquests terroristes acabaran ben aviat a la garjola, com els seus còmplices.»

Les declaracions de Vajpayee van tensar molt més la corda,

no sols a Kandahar, sinó al mateix aeroport de Nova Delhi, on la majoria dels familiars dels ostatges locals encara esperaven una resposta després de setanta-dues esgotadores hores. Cada cop la situació es tornava més magra: tot i que des de l'Airbus havien llançat un ultimàtum definitiu, les autoritats índies no amainaven les veles.

* * *

A bord de l'IC-814.

En Doctor va entrar a la cabina esparverat, com si hagués vist un fantasma.

–Diuen que hi ha un diabètic –va dir esbufegant–. L'acabo d'examinar i crec que està molt fotut.

En Red Cap va rumiar en silenci i va prendre la decisió que, tot i la cruesa de les seves darreres amenaces, calia fer veure a l'Índia i al món sencer que ells mataven per una ideologia, potser per una fe.

–Doncs el baixem de l'avió i que l'atenguin els metges –va concloure el terrorista encarregat del comandament.

Llavors va ordenar al pilot que comuniqués la seva decisió a la torre de control, on hi havia Eric de Mul. El pacte seria el següent: el diabètic podria baixar de l'avió cada cop que convingués. Estaria custodiat pels talibans que encerclaven la nau, i després que els sanitaris de la Mitja Lluna Roja li practiquessin les cures necessàries tornaria a l'Airbus. Un segon acord va ser que s'havia de portar menjar i aigua amb urgència. Tot i això, en Red Cap seguia insistint que si Maulana no era alliberat tots moririen.

En Shankar i en Bhola van obrir les portes de la nau. Just en aquell moment es va escapar a l'exterior una fortor d'olors barrejades i un cop d'aire fresc va envair el fusellatge, però les pituïtàries de l'Anna i de la resta de passatgers –en un principi d'immunitat per haver resistit la pesta tantes hores– no ho van percebre del tot.

En Doctor es va apropar al diabètic i li va picar la cara per revifar-lo.

–Com et dius? –li va preguntar–. Ei! Com et dius?

–Khuarna –va respondre el diabètic–. Anil... Khuarna.

–Molt bé. Ara et baixarem i et curaran –li va dir en Doctor mentre li continuava picant les galtes–. Després tornaràs a l'avió.

En Shankar i en Bhola van agafar en Khuarna i el van mig arrossegar fins a la cua de la nau, on de nou havien llançat una corda en forma d'escala. En Burger va cridar la parella de talibans que custodiaven la nau de més a prop.

–És diabètic –els va especificar–. Porteu-lo a la torre de control.

Els afganesos es van mirar entre ells somrient, amb un posat molt sorneguer.

–D'acord. Baixa'l –va dir un d'ells sense esborrar la rialla dels llavis–. Per cert, si no resoleu aquest embolic aviat, nosaltres ens despreocuparem de protegir-vos. Queda clar?

En Burger va mirar-se'ls amb els ulls desorbitats i va renegar en veu baixa. Després, com si d'un material ben fràgil es tractés, van baixar en Khuarna de l'avió i se'l van emportar carregat en un dels seus tot terrenys. Havien pactat que aquella maniobra, gairebé quirúrgica, s'aniria repetint en les hores següents. De seguida, en Shankar i en Bhola van tornar cap a dins, mentre en Burger, inútilment, intentava tancar les portes de l'avió. Davant la impossibilitat de fer-ho, va començar a xisclar i a amenaçar el passatge anant amunt i avall del passadís. De cop, li va caure alguna cosa a causa del seu propi balanceig, un objecte ovalat que va anar a parar als peus de l'Anna, com havia passat amb aquella llauna de refresc que encara guardava, amb un cul d'aigua. Impulsivament, gairebé per educació, la psicòloga es va acotxar per recollir aquell objecte, i no va ser fins que es va incorporar i se'l va poder mirar amb deteniment que no va ser conscient del que tenia a les mans. Sense pensar-s'ho dos cops, el va donar al seu captor –que ja li allargava el braç perquè l'hi retornés– i va comprendre que havia agafat una granada de mà. La cara d'en Burger estava emboçada d'una expressió d'incomoditat i d'impotència a la vegada, cosa que –segurament– va provocar que no li fes cap retret ni l'escridassés. Uns pocs segons després d'aquell episodi, el cor de l'Anna –ja amb l'esquena recolzada al respatller– va tornar a entrar en un estrès accelerat al pensar que aquella arma del dimoni li hauria pogut esclatar als nassos.

* * *

Mollerussa. Cap al migdia.
Abel Matutes va trucar als pares de l'Anna. El ministre va informar-los que les negociacions seguien estancades, però que tot i les amenaces dels segrestadors de moment no calia preocupar-se massa, perquè semblava que els terroristes no cometrien cap barbaritat amb el occidentals. De fet, era la manera que tenia el govern espanyol de tranquil·litzar els familiars, bàsicament perquè els cinc segrestadors estaven disposats a qualsevol cosa i en qualsevol moment s'haurien pogut desbocar com cavalls salvatges. Era un placebo que, de totes maneres, les persones més properes als ostatges agraïen de tot cor.

–Els tornaré a trucar tan bon punt tinguem noves dades –va afegir Matutes–. Mantinguin la calma –va dir per acomiadar-se–. Adéu.

Després d'aquella trucada de rigor, la família de l'Anna va rebre la visita de l'Àngel Pujol, un dels empresaris més forts de la província, que els va brindar ajuda.

–Si voleu, us finanço el viatge. El que us faci falta –va oferir l'empresari, assegut a la taula del menjador i amb els ulls negats–. Aneu cap a l'Afganistan i així podreu estar més a prop de la vostra filla.

En Santi ho va tenir clar de seguida: viatjar fins a Kandahar era un error.

–Àngel –li va dir agafant-li la mà–. Moltes gràcies, però si hi anem no farem res que no puguem fer des de Mollerussa.

–N'estàs segur, Lloret? –va insistir l'empresari amb la veu trencada de l'emoció al veure aquella família ancorada en l'angoixa.

–Àngel –va repetir el pare de l'Anna–. T'ho agraeixo molt però ens quedarem. Però que sàpigues que això que acabes de fer no t'ho podré pagar mai.

Tots dos homes es van abraçar plorant. Es coneixien des de ben petits. Eren veïns i amics.

–Si l'Anna torna a casa, jo seré tan feliç com tu –va concloure l'empresari.

* * *

A bord de l'IC-814.

Tot i que els segrestadors havien donat un ultimàtum al govern indi i havien explicat les condicions al passatge, aquella tarda es va començar a respirar un cert ambient més relaxat. No hi havia cap causa clara que ho expliqués, però potser en aquell moment es va començar a evidenciar el que podria ser el principi d'una síndrome d'Estocolm, no sols dels ostatges envers els segrestadors sinó també a l'inrevés, dels terroristes cap als segrestats. La prova és que en Burger va agafar el micròfon de la megafonia i va anunciar:

–Podeu anar al lavabo d'un en un. Teniu dos minuts cadascú per fer les vostres necessitats.

Ara bé, tot i la calma que es respirava, l'Anna seguia inquieta pel seu marit, que s'havia esfumat. Va ser de les primeres que va poder anar al servei, i va tornar a aprofitar l'avinentesa per localitzar l'Ignasi, que, fins i tot, s'havia imaginat mort al fons de l'avió. En el viatge d'anada no el va veure i li va ser complicat trobar confort fisiològic, perquè aquell excusat era un autèntic mar d'insalubritat. La psicòloga va orinar com va poder, mantenint a ratlla les nàusees que li provocaven les imatges i l'olor que es desprenia d'allí dins.

Quan va sortir del lavabo, l'Anna va veure com tornava a bord el diabètic i es va adonar, a més a més, que la relació entre aquells afganesos que custodiaven l'avió des de la pista d'aterratge i els segrestadors era correcta, però en cap cas fraternal. Es tractaven amb molt poca consideració, a la frontera de l'agressivitat. Aquest comportament la va fer reflexionar. A més, ara sabia que l'Airbus estava custodiat per uns homes amb aspecte paramilitar, però tampoc tenia clar ben bé qui eren ni què pretenien.

Va seguir pas a pas amb la intenció de tornar al seu lloc, però escrutant tots els racons. En aquell moment, a l'altra banda de l'avió va veure l'Ignasi estirat en dos seients buits, abaltit, amb els braços entrecreuats. El va cridar sigil·losament aprofitant que els segrestadors estaven pendents de recol·locar el diabètic.

–Em pensava que estaves mort... –li va dir ella.

–Torna al seient, Anna. Estic bé. Marxa!

–Però què hi fas aquí? T'han fet mal? –va xiuxiuejar l'Anna mig amagada entre algunes butaques–. He patit molt...

–Quan vaig anar al lavabo, vaig veure aquest lloc buit i necessitava estirar les cames i dormir –va mormolar–. Marxa... va!

Quan l'Anna va tornar a ser al seient, va començar a escriure i a dibuixar a la llibreta impulsivament: necessitava reconduir el seu estat d'ànim cap a l'assossec. Se sentia menyspreada pel seu marit, però va considerar que en aquell context havia de relativitzar tota la seva frustració. Segurament l'Ignasi tenia tanta por com ella, potser més, i havia reaccionat com havia pogut. Potser aquella experiència extrema l'havia sobrepassat i el pànic l'obligava a recloure's en si mateix. Potser, o potser no, en aquell avió i en aquelles circumstàncies sols podia estar a soles amb ell mateix.

* * *

Mollerussa. Cap al tard.

–Teniu el carrer infectat de periodistes –va dir l'alcalde de Mollerussa mentre encaixava la mà amb el pare i el germà i petonejava la mare–. Penso que hauríeu de mirar de calmar els ànims d'aquesta gent.

En Jaume es va oferir per baixar al portal de casa i respondre algunes preguntes. El petit dels Lloret volia protegir els seus pares el màxim possible.

–Bé, noi, bé –va dir-li l'alcalde–. Hem pensat de fer una mica de rebombori des de l'ajuntament. Se'ns ha acudit que farem una concentració cada dia fins que els alliberin. Què us sembla?

La mare de l'Anna va agrair-l'hi mentre el pare s'encongia d'espatlles.

–Li direm *Afecte 2000*; hem volgut fer un joc de paraules –va enunciar cofoi en Toni Bosch–. Així posem una mica de pressió a tot plegat. Ens reunirem a la plaça de l'ajuntament amb pancartes fins que els deixin lliures.

Al cap d'uns minuts, el mateix alcalde va acompanyar en Jaume fins al carrer, on va respondre les preguntes insistents dels periodistes durant vint minuts llargs, una experiència que el deixaria amb molt mal cos, més del que ja tenia. A més, una periodista local va intentar seguir-lo escales amunt quan se'n tornava a casa.

–Puc parlar amb els teus pares? –va demanar-li directament.

–No! –li va contestar en Jaume–. I et demanaria que no entressis a l'edifici, si us plau. No volem molestar més els veïns.

La periodista local va girar cua i va fer mutis, però el seu instint depredador de notícies no va quedar satisfet, i se'n va tornar pensant: «Em sortiré amb la meva.» I resulta que l'endemà la redactora va fer pública una foto de l'adolescència de l'Anna Lloret. Bona part de la premsa escrita la va publicar en portada. Exactament no se sap d'on la va treure, però algunes indagacions van permetre que diverses persones diferents em parlessin d'aquell fet. La primera persona que em va fer referència a la periodista local va ser la directora de l'escola on havia estudiat la psicòloga. Segons aquella senyora –ja a punt de jubilar-se–, la redactora havia visitat el centre educatiu. Evidentment, es va trobar que les aules estaven tancades per vacances de Nadal, però va ensopegar amb un treballador del personal administratiu. La versió de la directora diu que la periodista va pressionar el treballador perquè revelés l'adreça on trobar la màxima responsable de l'escola. Aquest, per cansament davant la insistència, la va acabar donant, i la periodista, sense pensar-s'ho dues vegades, va acudir a la casa familiar de la directora exigint, amb unes formes poc ortodoxes, una foto de la Lloret. Segons sembla, la redactora va sortir d'allí amb les mans buides.

Després, segons les versions que vaig recollir, la periodista local se'n va anar a Tàrrega, a uns quants quilòmetres de Mollerussa, on hi havia l'estudi fotogràfic on l'Anna havia encarregat el seu reportatge de boda. També, com em va relatar la fotògrafa, la periodista local va exercir força pressió perquè li cedís un retrat del casori per poder-lo publicar. La fotògrafa em va explicar que la periodista sols feia que repetir-li una sola frase amb un to més aviat elevat: «Ets conscient que estàs negant la llibertat d'informació als meus lectors?». Però tot i així, com em va explicar aquella noia mentre ordenava negatius, la redactora va sortir del seu estudi sense cap foto.

Altres fonts em van explicar que la periodista local havia estat pressionant l'entorn de l'Anna –amics i parents– amb la mateixa persistència –i unes maneres dubtoses– durant tota una tarda fins que algú va acabar cedint i li va entregar un retrat antic de la Lloret.

* * *

A bord de l'IC-814.
Feia estona que s'havia fet de nit i estava a punt d'acabar el tercer dia de captiveri. Cada cop el dolor a les articulacions es feia més evident. La set i la gana eren un corcó permanent. La temperatura havia baixat considerablement, i un vent fred, un corrent d'aire gèlid, entrava per les portes –obertes i espatllades– de l'avió. El passatge, esgotat de la xafogor diürna, començava a quedar-se encasquetat als seients, destemperat a causa de l'agut contrast tèrmic. El termòmetre havia descendit ben bé més de vint-i-cinc graus. Ara la tortura ja no sols era cosa dels terroristes. Ara bé, aquella gelor era un *quid pro quo*, perquè de la mateixa manera que passaven fred aquell aire nou refrescava una atmosfera del tot lliurada al vici de la mala olor.

L'Anna va intentar tancar els ulls una estona per provar de dormir, però li era impossible. Va acabar-se el culet d'aigua que li quedava a la llauna i es va remirar les seves notes a la llibreta. Havia pres apunts sobre el segrest i, en especial, sobre com se sentia ella, sola i espantada. També havia dibuixat una mica, quatre gargots. Llavors, per aplacar el nerviosisme acumulat, va decidir que com a mínim descansaria les parpelles tota l'estona que pogués o li deixessin. De cop, però, li van tornar a interrompre el descans: a la part baixa de l'avió, com si provinguessin de la bodega, es van sentir uns cops forts i secs. I és que just a la bodega de l'avió en Burger apuntava el pilot amb una semiautomàtica mentre li exigia que trobés unes bosses d'esport de color negre. Remenaven embalums de tot tipus, i feien una fressa que arribava més amunt, a les orelles de tot el passatge.

–Són llargues –va reiterar-li el segrestador mentre brandava l'arma–. Com d'aquelles per fer gimnàstica.

El pilot remenava i remenava, però no hi havia manera de trobar el que buscava el pirata aeri. Llavors, contràriament al que el capità de vol s'esperava, en Burger va tenir una reacció que el va deixar petrificat.

–Posa't la meva jaqueta –li va dir mentre es treia la jupa de pell marró–. Aquí sota fa molt fred.

–No entenc per què pateixes perquè m'enconstipi mentre a la vegada m'apuntes amb una pistola –va contestar airós el pilot–. No trobes que és contradictori?

El terrorista va mantenir enlairada l'arma una estona més i després es va tornar a cordar la jaqueta.

–Em recordes el meu pare –va dir–. Tens... té més o menys la mateixa edat que vostè, i si ell passés el fred que estem passant ara no ho permetria –va afegir amb un to de veu molt educat.

–Sembles bon noi –va afegir el capità–. Us hauríeu d'entregar, no creus?

En Burger va tornar a apuntar-lo amb l'arma i li va ordenar tornar a la cabina. Quan accedien a la part superior de la nau, el pilot es va girar i va mirar fixament el terrorista als ulls.

–Què em feies buscar a la bodega? –va preguntar, encuriosit.

–Els explosius, senyor –va respondre en Burger–. Com que no els hem trobat, demà haurem de fer explotar l'avió d'una altra manera.

En Burger i la resta de terroristes confiaven que a l'aeroport de Katmandú s'haurien carregat una sèrie d'explosius, però no va ser així. O bé els seus còmplices –encara se'n desconeix la identitat completa– no van arribar a carregar-los o bé es van extraviar al mateix aeroport. La qüestió és que els cinc pirates comptaven amb una basa, un as per a l'extorsió, del qual es van haver de desdir.

Mentrestant, a milers de quilòmetres d'allí, el germà de l'Anna s'estirava al llit i continuava llegint la novel·la de Stephen King per allà on l'havia deixat. La clau per resistir l'insomni d'aquell dia de Sant Esteve era matar el temps d'una o altra manera. Cap dels dos no ho sabia, però aquells germans de Mollerussa –per causes diferents però semblants a la vegada– no podien dormir tot i estar molt lluny l'un de l'altre.

12

QUART DIA DE SEGREST

(DILLUNS, 27 DE DESEMBRE DE 1999)

La jornada s'encetava amb una nota de premsa que van reproduir molts mitjans de comunicació i que no donava cap detall nou: «Els governs de l'Afganistan, el Pakistan i l'Índia es van creuar dures acusacions pel desenvolupament de la crisi de l'avió indi segrestat divendres passat amb més de cent setanta passatgers. L'aparell seguia ahir a la nit a l'aeroport afganès de Kandahar. Els segrestadors han exigit l'alliberació d'un dirigent caixmiri i també poder posar rumb cap un destí desconegut. Tot i això, l'avió es troba amb molts desperfectes mecànics i és impossible que es torni a enlairar. S'ha permès l'alliberament parcial d'un passatger malalt de diabetis, però insisteixen que en qualsevol moment dinamitaran l'aparell. Les famílies dels quatre espanyols segrestats segueixen les informacions procedents de l'Afganistan i estan en contacte amb el ministre espanyol d'Afers Estrangers.»

Altres mitjans no es quedaven en la simple reproducció de la informació i s'aventuraven un xic més: «Hi ha elements estranys en el desenvolupament dels fets, com el paper que han portat a terme els treballadors d'Indian Airlines a l'aeroport de Katmandú, on van embarcar els passatgers i els segrestadors armats amb fusells d'assalt, pistoles, dinamita i granades de mà. També se sospita de la implicació del pilot, ja que el mateix dia del segrest va aterrar en territori indi i no va immobilitzar l'avió.»

* * *

A bord de l'IC-814.

A primera hora del matí, els segrestadors van aplegar tota la munició de què disposaven a la zona davantera de la nau, en forma de polvorí. En Burger i en Shankar van comprovar que no tenien granades ni dinamita suficient per fer esclatar l'avió i això els va provocar més mala sang. Quedaven tres hores per complir la seva amenaça. Els havien desaparegut els explosius grans, o potser les bosses d'esport negres mai van embarcar a la bodega des de Katmandú.

En Red Cap va sortir de la cabina del pilot i es va dirigir a la zona de classe turista. Va engegar la megafonia i va ordenar que el passatge apugés les persianes de totes les finestres. La llum del dia, un sol radiant de desembre, va il·luminar tota la nau. La Lloret va mirar enfora, cap a la pista d'aterratge, i va corroborar el que havia observat el dia anterior quan va fer ús del lavabo: l'IC-814 estava envoltat d'uns personatges islàmics amb aspecte paramilitar i amb unes barbes prominents. Hi havia diverses *pick-up* aparcades en ziga-zaga. Més lluny, prop de la terminal, va veure o li va semblar veure alguns equips de televisió.

* * *

Aeroport de Nova Delhi.

Havien passat més de seixanta hores de segrest. Els integrants del CMG no havien dormit ni una sola hora seguida. En aquest sentit, el seu cansament era semblant al dels ostatges. Era la pitjor crisi aèria que havia viscut l'Índia. Se sentien col·lapsats, perduts. Eren conscients que els quedaven tres hores per trobar una solució.

Aquell matí, algunes agències d'intel·ligència (Gran Bretanya,

Israel i Canadà) es van posar en contacte amb el grup de crisi per donar-los el suport necessari. El CMG, inexplicablement, va rebutjar qualsevol ajuda externa.

* * *

A bord de l'IC-814.

Aquells mateixos paramilitars que envoltaven l'avió com si custodiessin una cosa preada els van pujar aigua i menjar a bord en bosses d'Acnur. Eren tres homes que semblaven tallats pel mateix patró. L'Anna va poder omplir la seva llauna i va recuperar un pèl les forces amb un ou dur, una taronja i una mica d'arròs blanc.

Una auxiliar d'infermeria índia que l'Anna tenia asseguda ben a prop va fer córrer pel seu voltant que aquells islàmics eren els talibans, mujahidins afganesos formats arran de la guerra contra la Unió Soviètica que als anys noranta s'havien radicalitzat molt més i formaven faccions militars per garantir l'aplicació de la doctrina islàmica –tant en el vessant religiós com en el vessant pràctic–. A més, Kandahar era la seva ciutat o on tenien més influència. Per tant, els segrestadors i els talibans no eren ben bé el mateix, o així ho va creure l'Anna en aquell moment. El que estava clar és que no eren amics entre ells, simplement es respectaven i prou.

Després d'ingerir els pocs aliments i la mica d'aigua, l'Anna es va sentir alleujada, una mica menys angoixada, i es va quedar adormida. Es va despertar al cap d'una estona indeterminada, d'una forma plàcida, i en obrir els ulls va veure com en Burger li tenia clavada la mirada. Alguna cosa d'ella l'estava molestant en el fons de l'ànima; la seva cara era de pocs amics.

–Dona! –va cridar mentre posava l'esquena del tot recta i empunyava l'arma amb força des de la seva posició de vigilància.

L'Anna es va assenyalar a si mateixa amb el dit índex i li va preguntar si es referia a ella. La resta d'occidentals no es van immutar.

–Tapa't! –la va escridassar el pirata.

L'Anna es va mirar a si mateixa, espantada, amb una forta pressió a les venes del cap, i palpant-se el cos com en una autoexploració mèdica es va adonar que duia l'espatlla descoberta, ja que el jersei era de coll ample; s'havia rebregat quan s'havia quedat adormida al seient. Es va cobrir el tros de pell que estava al descobert, i tot seguit en Burger va fer-li entendre, recuperant la posició de vigilància original i relaxant la cara d'enuig, que tot, el jersei i la seva doctrina moral, tornaven a ser a lloc.

Tot seguit, els segrestadors es van reunir on es trobava en Burger i es van treure el passamuntanyes, menys en Red Cap, que se'l va deixar posat. Ara, tot el passatge sabia quina cara tenien aquells revolucionaris caixmiris, si més no els quatre que el duien de color negre o blau marí.

Després van veure com en Doctor i en Bhola aplegaven els homes que es trobaven a primera classe cap a la turista, els onze dels quinze que seguien a bord. Va ser en aquell moment que Rachna Kaytal va saber que el seu marit era mort. Va quedar en xoc al seu seient, sense plorar, sense moure ni un sol múscul. Mitja hora després, va reaccionar i el seu desconsol es va expandir per tot el passatge, que tot i així va continuar en silenci, immutable.

* * *

Mollerussa, primera hora del matí.

Teresa Ginestà, en aquell moment cap de l'oposició de l'Ajuntament de Mollerussa i tieta de l'Anna, va erigir-se com a portaveu de la família a petició dels Lloret. A partir de llavors, qualsevol comunicat relacionat amb la psicòloga el transmetria la dona d'un dels germans d'en Santi.

Ginestà, des del portal de la família, va agrair «sincerament la tasca que està desenvolupant el ministeri espanyol, que està en permanent contacte amb els familiars i l'ajuntament malgrat que l'opacitat informativa fa que no puguem saber amb exactitud l'estat dels ostatges dins de l'avió». També va afegir que «mantenen l'esperança que el segrest tingui un desenllaç feliç, tot i que les notícies de primera hora d'aquest matí han sigut alarmants. Està a punt de finalitzar el termini que havien donat els segrestadors per fer esclatar l'avió». Després, Ginestà, envoltada de micròfons, va afegir: «Demano una mica de paciència, si us plau. La família està patint moments d'una gran angoixa i es passa el temps pendent del telèfon i de les notícies que pugui transmetre'ls l'Oficina d'Informació Diplomàtica, que els truca cada dos per tres.»

* * *

Aeroport de Nova Delhi.
Un grup de setanta persones, familiars i amics dels captius locals es van enfrontar a les autoritats aeroportuàries fins al punt que la policia va haver d'intervenir per calmar els ànims. Després de diverses pugnes i algunes destrosses materials, el primer ministre Vajpayee va accedir a conversar amb cinc d'ells.

En aquell mateix moment, un altre grup de persones pròximes als segrestats irrompia en un hotel proper a l'aeroport on es feia una reunió informativa de funcionaris governamentals sobre l'IC-814. Els familiars instaven el govern indi a acceptar l'exigència dels segrestadors d'alliberar Maulana Massud Azhar: «Han passat seixanta-set hores i els passatgers estan condemnats a mort! Què més han de fer els terroristes perquè accepteu les exigències i prengueu una decisió?», cridava un dels germans dels ostatges.

I és que ja havien passat les vint-i-quatre hores que els segrestadors havien donat de marge per iniciar negociacions. Aquell ultimàtum semblava que s'havia de dur a terme. Era imminent: tothom creia que l'avió volaria pels aires.

* * *

Eric de Mul va fer una trucada a l'aeroport de Nova Delhi dirigida al CMG: «Tenim més temps. Els segrestadors s'han fet enrere perquè els afganesos, que custodien amb armes l'avió, han advertit els pirates que si fan alguna acció bèl·lica es veuran obligats a assaltar l'Airbus. No el faran esclatar, gràcies a Déu! Tenim unes hores més de marge, senyors. Però ara sí que haurem de començar a negociar de veritat amb ells... estem tibant massa la corda. Com a mínim, haurem d'alliberar Azhar.» Tot seguit, De Mul va especificar que havia mantingut una reunió a la torre de control amb una cúpula talibana: «M'han comunicat que són afins a la ideologia dels segrestadors però que no volen sang a casa seva. Resulta que tenen ordres explícites d'algun dels seus líders de no matar ningú.»

* * *

A bord de l'IC-814.

Es començava a fer fosc i tot estava en penombra. Llavors, l'Anna va al·lucinar o va creure que tenia al·lucinacions, perquè en Burger es va asseure al seu costat aprofitant que el seient de l'Ignasi estava buit. Ella estava tocant a la finestreta, el pirata era a la banda del passadís. Quan el va tenir a la vora va notar com ell l'apuntava amb una pistola. Sentia el ferro del canó a les costelles. Va començar a suar, va tancar els ulls i es va acomiadar. Va veure passar la seva vida per davant, com si fos una pel·lícula. Llavors, va comprovar que el tòpic era cert.

El terrorista, encara mantenint l'arma subjecta contra el cos d'ella, va dir:

–Estigues quieta i fes exactament el que jo et digui.

L'Anna va assentir amb el cap mentre li queien les llàgrimes galta avall.

–Juro que et mataré –va dir en Burger prement fort el canó contra el costat de l'Anna–. Juro que et mataré. Juro que ho faré.

Després de repetir-ho tres cops, sense més explicacions, es va alçar i va dirigir-se cap a la cua de l'avió. L'Anna no va poder reprimir el plor. Llavors, una mà li va tocar l'espatlla dreta, com acaronant-la. L'Anna, negada de llàgrimes, es va girar i va mirar discretament entre la ranura que hi havia entre els dos respatllers. La noia rossa que s'asseia darrere seu li allargava un *kleenex* –o la meitat d'un *kleenex*– perquè s'eixugués la cara.

–No llores –li va dir amb un somriure franc.

–Gràcies –li va respondre la psicòloga mentre es mocava i s'assecava les llàgrimes amb aquell mocador.

–Me llamo Victoria –va dir xiuxiuejant–. Él es Carlos... Somos de Ibiza.

–Yo soy Anna. Soy catalana.

* * *

Mollerussa, cap al tard.

Atmosfera d'absoluta impotència a casa dels Lloret-Rovira. Va sonar el telèfon. Tornava a ser Abel Matutes. La Núria va despenjar l'aparell.

–Estigueu tranquils –va comunicar-li el ministre–. El govern indi ha acceptat negociar amb els segrestadors. Calculo que en poques hores els deixaran lliures.

–O sigui que estan vius? –va preguntar la mare de l'Anna.

–No tenim constància de cap mort, senyora Lloret –va afanyar-se a dir el ministre–. Insisteixo... estiguin tranquils. Vostès també són uns herois.

La Núria va sospirar.

–Això ja s'està acabant. Han de continuar sent forts com fins ara. Estic convençut que d'aquí a poc els podré tornar a trucar donant-los bones notícies... Núria, escolti'm bé: una delegació índia s'està desplaçant fins a Kandahar disposada a entaular algun tipus de conversa amb aquests delinqüents. Pinta bé...

Aquella nit, el germà de l'Anna va tornar a agafar el llibre de Stephen King, però el cansament el va vèncer. La trucada d'en Matutes li havia donat un altre punt de vista, una visió una mica més optimista de la situació. El còctel d'aquests dos ingredients el va fer caure en un son lleuger i curt però reparador.

13

CINQUÈ DIA DE SEGREST

(DIMARTS, 28 DE DESEMBRE DE 1999)

Teresa Ginestà, entre sorpresa i enfadada, caminava com una bala pels carrers de Mollerussa. Els talons repicaven contra les rajoles de la vorera, rítmics i decidits. Portava tots els diaris generalistes sota el braç, que acabava de recollir al quiosc del costat de la plaça de l'Ajuntament. Tot just acabava de sortir el sol. Pensava: «No pot ser una innocentada!», mentre expulsava una bafarada de fred per la boca i intentava agafar més velocitat per no topar-se amb cap periodista al portal dels seus cunyats. «Encara deuen estar esmorzant, o potser encara són als hotels», va rumiar. «Amb una mica de sort, ningú em veurà entrant a la casa.»

* * *

A bord de l'IC-814.

Red Cap es va col·locar els cascos microfonats per començar a parlar amb la torre de control, on hi havia Eric de Mul acompanyat per una delegació índia i els membres del CMG.

–Alliberarem tots els passatgers. Repeteixo: alliberarem tots els passatgers –va anunciar el segrestador.

–Sóc De Mul –es va presentar–. Li prego que repeteixi la comunicació –va demanar, incrèdul, l'ambaixador de l'ONU.

El segrestador hi va tornar:

–Deixarem lliure tot el passatge si allibereu trenta-cinc militants caixmiris en menys de cinc hores. Entesos? –Després va afegir–: Un portaveu talibà els facilitarà la llista d'aquí a mitja hora.

–Però això, senyor, és molt complicat. No tenim temps –va contestar De Mul.

–Aquesta és la nostra única raó! –va cridar el segrestador–. Ja sabeu què és el que heu de fer. Cinc hores! Cinc hores!

* * *

Mollerussa. Primera hora del matí.

Teresa Ginestà ho havia encertat. Va poder accedir al domicili familiar dels Lloret sense que cap membre de la premsa se n'adonés. Va estirar els sis diaris que portava sobre la taula del menjador. Tres dels rotatius publicaven una foto de l'Anna, de quan tenia disset o divuit anys a molt estirar.

Ginestà es va treure l'abric i la bufanda i va deixar reposar la roba suaument en una de les cadires. Es va col·locar bé la part inferior del jersei de coll alt i va esperar que els seus parents s'acabessin de vestir.

–Us he portat uns croissants! –va dir Ginestà dirigint-se a les habitacions–. Vaig a la cuina, d'acord?... I faig una mica de cafè!

–Til·la, tieta... no facis cafè! –va respondre en Jaume des de l'altra punta del passadís–. Fes til·la per a tots!

Ginestà es va dirigir a la cuina molt inquieta, i mentre es mossegava el llavi va notar que li començava a sortir una pansa, un herpes. Va agafar els llumins i va encendre el fogó petit per escalfar l'aigua.

* * *

A bord de l'IC-814.

La impossibilitat de posar en marxa els sistemes de ventilació i calefacció de l'avió va fer literalment irrespirable l'aire de l'interior. Tot i que les portes eren obertes, una pudor de descomposició orgànica impregnava l'aparell de punta a punta. Estava tan esgotada que va arrancar a plorar silenciosament: el fet que l'Ignasi hagués marxat del seu costat també hi va ajudar. Aquest cop, no volia que ningú se n'adonés. Va pensar que no havia de deixar entreveure tanta fragilitat. Però en Burger se'n va adonar. Des de la seva posició de vigilància, va observar aquella occidental que li semblava més viva que els altres i per pocs segons va sentir llàstima d'aquelles llàgrimes, fins i tot algun esquitx d'empatia.

–Dona! –va interpel·lar-la–. Per què plores?

L'Anna es va treure les ulleres i amb la màniga del jersei es va eixugar el plor de la cara. Va mirar el seu segrestador i es va limitar a encongir les espatlles.

* * *

Mollerussa. Primera hora del matí.

–Heu donat cap foto a la premsa? –va preguntar Ginestà quan els tres membres Lloret es van presentar al menjador.

En Santi ho va negar rotundament, i sorprès per la pregunta de sa cunyada li va demanar:

–Què passa, Teresa?

–La cara de l'Anna surt als diaris –va anunciar la portaveu de la família–. Sabeu d'on l'han pogut treure?

La Núria va mirar la premsa i va reconèixer el retrat:

–És una foto de quan la nena feia BUP, em penso.

Llavors, en Jaume va recordar la topada amb aquella periodista local a les escales:

–Em sona de cara però no sé com es diu... L'altre dia em va mig amenaçar perquè no la deixava pujar a casa. Sospito que ha estat ella.

* * *

Torre de control de l'aeroport de Kandahar.

Un dels talibans va facilitar la llista dels trenta-cinc guerrillers que reclamaven els segrestadors a canvi del passatge.

De Mul va tornar a posar-se en contacte amb l'avió:

–No tenim temps d'alliberar els vostres companys en menys de cinc hores. Us proposem, però, que ens lliureu dinou passatgers a canvi de cada revolucionari lliure. Us sembla?

No va obtenir cap resposta per part d'en Red Cap. El grup negociador, llavors, va iniciar una reunió. Algunes paraules de De Mul quedarien enregistrades en la gravació dels arxius del CMG: «Els talibans ens garanteixen que no assassinaran cap passatger, però no ens garanteixen que no hi hagi cap defunció. Si no afluixem, estic convençut que els negaran l'aigua i el menjar... i això significa que poden començar a morir igualment. No serà un crim de sang però els mataran de gana i de set.»

Enllestida la trobada de l'equip negociador, en Red Cap va sol·licitar una nova comunicació amb la torre de control. Males notícies, va pensar De Mul. No anava mal encaminat. Els segrestadors endurien les exigències: «Volem l'alliberació dels trenta-cinc companys empresonats per l'Índia i, a més, volem un rescat de dos-cents milions de dòlars.»

* * *

Mollerussa. Mitja tarda.

Pau Echauz, un dels nombrosos periodistes desplaçats a Mollerussa, parlava per telèfon amb la redacció de Barcelona des d'un bar del poble.

–Entesos! Estàs preparat? –deia al seu interlocutor–. Et dicto la segona crònica, d'acord?

Echauz s'escurava la gola i construïa frases seguint els

apunts de la seva llibreta: «El Ayuntamiento de Mollerussa celebró una concentración popular de solidaridad en apoyo a las familias de los secuestrados catalanes retenidos desde el pasado viernes en el avión de Indian Airlines... La concentración tuvo lugar en la plaza del consistorio y a ella estaban invitadas todas las entidades cívicas, culturales y deportivas, así como todos los ciudadanos de la capital del Pla d'Urgell... Mientras, en Ibiza, los compañeros de trabajo de la pareja formada por Victoria Varela y Carlos Falcione, empleados de la discoteca Amnesia, que permanecen también retenidos en el avión, esperaban ayer con angustia el desenlace del secuestro...»

–Aquesta va de faldó de pàgina, d'acord? –va afegir Echauz–. El titular de la peça gran te'l dic ara... espera.

El corresponsal de *La Vanguardia* va buscar més monedes per afegir al telèfon públic i després va remenar els fulls de la seva llibreta endavant i endarrere.

–Pren nota –va dir al seu interlocutor–. Titularem així: «El gobierno indio considera inaceptable pagar 200 millones y la libertad de 35 islamistas.»

* * *

A bord de l'IC-814.

En Burger va entrar a la cabina i es va encarar a en Red Cap.

–Nosaltres no volem diners, fill de puta! –li va etzibar el terrorista–. Això és un acte de guerra santa, no és un atracament al banc!

Llavors tots dos van forcejar uns instants fins que en Red Cap es va treure de sobre en Burger amb una empenta.

–Aquí mano jo! –va dir en Red Cap apuntant-lo amb la semiautomàtica.

–L'acord era volar fins a Ginebra, malparit! Te'n penediràs...

–va contestar en Burger–. Havíem d'estavellar l'avió a Suïssa, recordes? Ets un fill de puta egoista! Ets un heretge!

–Calla! Calla o et clavo un tret als ulls! –va amenaçar en Red Cap.

Llavors, en Burger va sortir de la cabina mentre d'una revolada li arrancava el passamuntanyes vermell a en Red Cap, sense que aquest tingués temps de reacció. Els pilots i la resta de passatgers ja el podien reconèixer.

Des de la classe turista, l'Anna va veure com en Burger sortia enfurismat en direcció a ella. Duia un passamuntanyes vermell en una mà i un rifle penjat a l'espatlla. El terrorista es va asseure al costat de la psicòloga i se la va mirar fixament.

–A tu et sembla normal que els indis entrin als nostres pobles, violin les nostres dones i matin els nostres homes? –li va preguntar en Burger amb un to molt agressiu.

Sense pensar-s'hi gaire, la Lloret, farta de tot, li va contestar:

–Doncs jo no sé quina diferència hi ha entre els indis i tu. En aquest avió esteu fent el mateix que ells.

Just quan acabava de dir-ho, es va adonar que era massa tard i va pensar que la propera vegada es mossegaria la llengua. La reacció d'en Burger va ser immediata: li va col·locar el passamuntanyes que duia al cap, però amb el forat per als ulls a la nuca. L'Anna no veia res, tan sols ensumava una fortor que emanava de la llana vermella. El pirata li va ordenar que s'aixequés subjectant-la del bíceps.

–Acompanya'm –va afegir.

Van arribar a primera classe, que estava buida.

–Agenolla't –li va ordenar.

L'Anna, cega, va obeir en silenci. En Burger es va despenjar el rifle de l'espatlla, va carregar-lo i li va col·locar el canó al front.

–Saps resar?

–Sí –va respondre l'Anna, estranyament calmada.

Llavors, en Burger va deixar d'apuntar-la i li va treure el passamuntanyes del cap.

–Ara aixeca't –va dir-li.

L'Anna va fer-ho a poc a poc, amb por però no tanta com les vegades anteriors. S'havia convençut a ella mateixa que d'allí ja no en sortiria amb vida, i per tant deixava córrer l'angoixa cap a una altra banda.

En Burger se la va tornar a mirar als ulls:

–Si hagués premut el gallet, hauria fet el mateix que fan els indis amb nosaltres. Ara crec que ja entens millor per què som en aquest avió.

Quan va tornar a ser al seu seient, l'Anna es va girar i es va dirigir als eivissencs:

–M'ha intentat executar.

* * *

La del Caixmir l'han definit com una llarga i mortal batalla. El 1947, quan l'Índia i el Pakistan es van declarar independents de la Gran Bretanya, el futur d'aquella regió enclavada a l'Himàlaia va quedar sense definir. La major part dels seus habitants eren musulmans, però el Caixmir era governat per un rajà hindú, i segons l'acord dels britànics el rajà tenia poder per decidir si la zona es convertia en part del Pakistan –predominantment musulmà– o de l'Índia, en gran part devota de la religió hindú. Abans que els habitants poguessin prendre cap decisió, el Pakistan es va avançar i va exigir la sobirania del Caixmir. Davant d'això, la resposta del rajà va ser unir-se a l'Índia. El resultat de tot plegat ha estat una disputa que ha persistit anys i panys.

Si expliquem la història des del punt de vista d'aquell Nadal del 99, cal dir que fins aleshores s'havien produït tres guerres pel control del Caixmir, amb un total de seixanta mil morts. Les Nacions Unides van decretar un alto el foc el 1948 i el territori es va dividir de tal manera que aproximadament un terç va quedar en mans del Pakistan, mentre que la resta va quedar regit pel poder de l'Índia. Tant els britànics com les Nacions Unides van exigir un plebiscit per permetre que la població del Caixmir tingués l'oportunitat d'expressar democràticament la seva opinió sobre el seu estatus i el seu futur. Però aquest referèndum mai es va portar a terme, i així la flama sagnant de la guerra ha seguit cremant intensament fins als nostres dies. A tot això, cal sumar-hi l'ànsia salafista de bona part de la població. Aquell 1999, el desig de veure tot el Caixmir sota un règim islàmic es va convertir en un objectiu i una obsessió nacional –encara viva avui en dia– per als pakistanesos. Un milió d'homes van ser mobilitzats al llarg de la frontera d'aquella regió per formar l'anomenada «línia de control», i el món sencer està pendent –de tant en tant– d'una nova batussa, d'una guerra que, en el pitjor dels casos, podria incloure armes nuclears. I és que tant l'Índia com el Pakistan tenen armament atòmic, i totes dues nacions semblen disposades a utilitzar-lo si les coses es posen magres. Al tombant del segle XXI, la tensió al Caixmir s'havia elevat molt, cosa que es va traduir en una escalada dels dos fonamentalismes, l'islàmic i l'hindú, i en particular dels primers, que van intensificar els seus esforços per reclamar la sobirania sobre la regió. Des del 1989, quan els soviètics es van retirar de l'Afganistan i el moviment talibà va assumir el poder, grups gihadistes –il·legalitzats pel Pakistan– van bolcar tota la seva atenció sobre el Caixmir, on aproximadament el seixanta per cent de la població segueix sent analfabeta.

14

L'ENGINYER DE LA GUERRA

(DIMECRES, 29 DE DESEMBRE DE 1999)

Les set del matí a Nova Delhi, comunicat de France-Presse (AFP): «La comissió índia que es va desplaçar a l'Afganistan per donar suport a l'ONU –que encara intervé de mediadora– per negociar directament amb els segrestadors s'oposa, en principi, a acatar les condicions de l'alliberament, cosa que empitjora encara més la situació i ha provocat que hagi augmentat el desànim entre els familiars. Segons algunes fonts consultades, si el segrest s'hagués produït als Estats Units o al centre d'Europa podria plantejar-se un desenllaç violent amb garanties per a la seguretat dels passatgers, però aquesta solució s'apunta inviable a l'Afganistan, on no hi ha grups preparats per a una missió d'aquestes característiques. Els talibans, que controlen el 80 per cent del territori afganès i que no són reconeguts per la comunitat internacional, han demanat la mediació urgent de l'ONU i l'Índia en el conflicte.»

A Kandahar, en aquell mateix moment, Eric de Mul es tocava el seu bigoti frondós mentre rumiava. Havia passat molt mala nit dormint en aquell sofà d'escai en un petit despatxet de les oficines d'administració de l'aeroport afganès. Les negociacions s'havien endurit d'allò més: ara els segrestadors demanaven l'impossible i el govern indi es tancava molt més en banda. Se sentia perdut i sol davant aquell estira-i-arronsa que posava més l'objectiu en les estratègies polítiques i l'opinió pública que no pas en el més important: salvar la vida dels ostatges. Però quan De Mul creia que tot estava perdut i que no hi hauria cap manera d'arribar a un acord, va irrompre en escena l'inesperat. La decisió d'un home ho va capgirar tot i va provocar que les negociacions es reprenguessin amb celeritat.

* * *

Mollerussa, primera hora del matí.

En Santi havia passat massa hores –dies, de fet– tancat a casa. Ell, un home esportista –especialment aficionat a la bicicleta de muntanya–, necessitava que li toqués una mica l'aire. Va pensar que era prou aviat perquè encara no hi hagués periodistes rondant pel carrer i va decidir que se n'anava a fer un tomb pel poble. Des del carrer del Molí va tombar cap a l'avinguda de la Pau, on es va topar de cara un vell conegut de tota la vida: Josep Grau, exalcalde de Mollerussa, expresident de la Diputació de Lleida i des de feia poc més d'un mes conseller d'Agricultura de la Generalitat de Catalunya. Anava acompanyat d'un altre home, potser un escorta.

–Ep, Lloret! Què fas per aquí en aquestes hores del matí? –li va preguntar en Grau amb un to despreocupat.

–Què...? Que què faig, Josep? –va respondre ofès el pare de l'Anna–. A tu què coi et sembla que faig?

–Home, Santi... no t'ho prengos aixines, noi –li va contestar el polític–. Esteu bé? Us falta *algo*?... En què us puc ajudar com a conseller?

–Em sembla que ara ja no cal que feu res –va replicar capcot en Santi–. No m'ho esperava pas, això, de tu... Ens coneixem de tota la vida, Josep. *A buenas horas...*

–Home... sóc lo conseller d'Agricultura... tampoc puc fer-hi gaire, jo... –va vacil·lar el polític.

–Ja ho sé, que ets conseller –va contestar en Lloret–. Però

tu saps que sempre t'he donat suport... jo et vaig votar sempre quan eres alcalde... com a mínim una visita te l'hauria agraït. Em sap greu dir-t'ho, Josep, però els que m'heu decebut més sou vosaltres, i això que jo em sento català més que una altra cosa.

–Què puc fer per vosaltres? –va insistir en Grau.

–Perdona –va etzibar-li en Lloret–. He de tornar a casa.

I va marxar d'allí sense dir res més tot caminant a pas lleuger.

* * *

A bord de l'IC-814.

Tenia molta gana, però encara tenia més set. L'esquena li feia un mal insuportable i havia de fer volar la imaginació com li fos possible per evadir-se del patiment i del dolor. L'Anna, per aconseguir-ho, prenia apunts de nou a la seva llibreta. Matava el temps analitzant la situació des del vessant professional. Si més no, aquella experiència –agònica, d'altra banda– li semblava un bon material d'estudi. En Burger, entre encuriosit i molest perquè veia escriure l'occidental de les ulleres, se li va dirigir una altra vegada:

–Dona! Què escrius? –li va preguntar mentre li agafava la llibreta.

L'Anna li va dir que prenia apunts, que escrivia el que passava allí dins. Sorprenentment, sense fer-li cap retret ni posar-se nerviós, el revolucionari li va tornar el bloc.

–No entenc res del que escrius! –va afirmar el terrorista amb cara de pomes agres.

–És clar que no ho entens; és un idioma minoritari com el vostre –li va dir l'Anna–. És català.

–Com? –la va interrogar estranyat en Burger–. Català? En quin idioma escrius tu, dona?

–Tu escrius en paixtu, o potser en urdú... i jo ho faig en català –va repetir la psicòloga–. El català és la llengua que es parla a la terra que té Barcelona de capital, un país que s'anomena Catalunya.

El segrestador va estar cinc segons més al costat de l'Anna, com reflexionant sobre allò que li acabava d'explicar la psicòloga, i immediatament se'n va anar caminant cap a la cabina del pilot.

* * *

Aeroport de Kandahar. Pista d'aterratge.

Va baixar les escales decidit a parlar amb ells i solucionar-ho d'una vegada per totes, tot fent aquell gest tan seu de pentinar-se el bigoti mentre arribava a la planta zero de la torre de control. Eric de Mul va sortir caminant per l'asfalt en direcció a l'avió. Bufava el vent. Mentre s'apropava al cordó talibà que envoltava l'avió va aixecar el braç dret, saludant. Amb aquest moviment volia indicar que s'hi dirigia amistosament.

Un cop va ser-hi, va proposar un relleu als mujahidins:

–Què us sembla si les autoritats índies s'encarreguen de custodiar l'avió? En el fons, si passa alguna cosa, us acabarà esquitxant a vosaltres, no?

Un d'ells li va dir que no.

–Tenim ordres explícites de protegir l'avió mentre estigui en territori de l'Afganistan –va afegir un segon.

Un tercer va concloure:

–Protegim l'Airbus dels de dins i dels de fora.

–Aquests caixmiris volen dos-cents milions i no els aconseguiran –va replicar De Mul esbufegant–. Aquesta xifra és desorbitada per al govern indi.

–De Mul! –va cridar-lo un quart talibà–. M'acaben de comunicar que d'aquí a una estona vindrà el nostre líder i posarà els punts sobre les is.

–I... qui és el vostre líder?

–L'Enginyer de la Guerra, De Mul. L'Enginyer de la Guerra...

* * *

A bord de l'IC-814.

Estava com una sopa. El copilot Jaggia se sentia molt marejat. El cap li rodava com una sínia. Va pensar que segurament tenia tanta gana que se li havia creat un buit a l'estómac. Va recolzar la nuca al seient i va tancar els ulls. Llavors, el seu company Sharan es va adonar que alguna cosa no rutllava.

–Estàs molt blanc –va dir-li–. Et trobes bé?

En Jaggia va negar amb un cop de cap mentre les gotes de suor li amaraven la camisa.

–Necessito menjar una mica perquè crec que tinc una baixada de tensió –va afegir el copilot amb un fil de veu tremolosa.

* * *

Mollerussa, 14.30 h.

Va tornar a sonar el telèfon dels Lloret-Rovira.

–Sí? –va contestar ràpidament el pare de l'Anna.

–Hola, sóc el president Jordi Pujol. Parlo amb el senyor Lloret? –va demanar la veu de l'altre costat del fil telefònic.

–Bones, senyor Pujol, sóc jo. Digui'm –va contestar el pare de l'Anna mentre s'asseia al braç del sofà, mig incrèdul.

–Lloret! Vostè què té, un fill o una filla, a dins de l'avió?

El pare de l'Anna, perplex per la pregunta, li va dir que era una noia:

–Es diu Anna.

–Lloret! Que té la seva senyora a la vora del telèfon?

El pare de l'Anna es va mirar la seva dona, que estava pendent de la conversa, dempeus al seu costat, amb la intenció d'intentar sentir alguna frase clara de l'interlocutor del seu marit. En Lloret va mentir amb un «no» rotund. Calia dissimular i no fer patir la Núria.

–No li digui això a la seva senyora, eh? –va advertir-lo el president tot estossegant. En Santi es va témer el pitjor. Llavors, el president de la Generalitat de Catalunya va afegir–: Em penso que ja no tornaran a veure mai més la seva filla, Lloret. De ben segur que ella serà la següent a morir.

I sense dir res més, ni ase ni bèstia, en Pujol es va acomiadar amb uns quants sons guturals i va penjar.

La Núria va demanar qui havia trucat. Llavors, el seu marit va mentir per segona vegada:

–Era el Jordi Pujol... ens envia ànims i diu que estan amb nosaltres.

–Segur que en Josep Grau s'ha sentit malament pel que ha passat aquest matí –va intuir la mare de l'Anna–. Estic convençuda que el Grau ha trucat al president per comentar-li que ens digués alguna cosa i... s'ha vist obligat a parlar amb naltros perquè la cosa passava de taca d'oli.

–Segurament tens raó –va respondre en Santi.

Llavors, el fill petit, que també era al menjador de casa, va demanar permís per estirar-se una estona, ja que estava molt i molt cansat.

–Pare, mare... –va manifestar el germà de l'Anna–. Vosaltres també hauríeu d'anar a descansar una mica...

–Vés a llegir una estona –li va contestar la Núria–. Estira't al llit, fill. Nosaltres estem bé aquí.

* * *

A bord de l'IC-814. 18.45 h (14.45 h, hora catalana).

En Jaggia no era l'únic que sentia els efectes de no ingerir cap aliment en moltes hores. Altres, com les hostesses i alguns passatgers, es començaven a sentir molt defallits, mancats d'energia i sobretot molt adolorits físicament. Havia estat un matí estrany. Cap dels terroristes s'havia dirigit a ells, ni tan sols en

Burger, que tenia per costum dir-ne alguna per la megafonia de tant en tant. La Lloret havia matat el temps escrivint més impressions de les seves i dibuixant quatre gargots. També havia tingut l'ocasió de parlar amb la Victoria i el Carlos, els eivissencs; havia pogut intercanviar algunes paraules amb la Shira, la canadenca, i havia conegut en Roberto, un italo-suís força amable que s'asseia alguns llocs més endarrere. L'ambient, per tant, s'havia endurit en condicions d'higiene i alimentació, però era més flexible entre els passatgers que hores abans. Amb qui no havia aconseguit tornar a parlar era amb l'Ignasi, que seguia estirat a l'altra punta de l'avió.

De cop i volta, en Red Cap va prendre la megafonia i va convocar els segrestadors perquè es reunissin amb ell. Llavors, per la cua de la nau van entrar uns quants talibans, set o vuit, en forma de comando. Anaven armats amb fusells i es van començar a passejar lentament, vigilant i observant, escrutant, cada racó possible.

–Acotxeu els caps –va ordenar en Burger–. Poseu-los entre les cames i no se us acudeixi mirar. Tenim una visita important i no esteu a l'altura dels seus ulls. Qui es mogui, morirà... i ara sí que va de debò!

Tots els passatgers, sense excepció, van obeir. En aquell moment, va pujar a bord de l'avió un home molt alt, d'uns quaranta anys. Prim, quasi fràgil, anava vestit amb una gel·laba blanca fins als turmells, venosos i estrets, i es cobria les espatlles punxegudes amb una espècie de casaca d'un verd fosc. Al cap hi duia un turbant amb una sanefa amb tons vermells, i calçava unes xinel·les de pell. Era, en el fons, la mateixa indumentària –o molt semblant– que la que portaven la resta dels afganesos. Ara bé, alguna cosa el feia diferent. Era el seu posat: majestuós, delicat i condescendent. A la mà dreta hi subjectava un bastó llarg amb un pom d'acer, com la vara d'un alcalde, en la qual, de tant en tant, recolzava algun dels seus passos, solemnes i hieràtics, sacerdotals.

Va fer uns quants tombs per l'avió. S'ho mirava tot, observava amb detall els passatgers. Mirava amb determini les seves nuques tremoloses mentre passejava com si estigués sota pal·li. Quan ho va tenir tot escrutat, va convocar els cinc segrestadors a la zona de primera classe i va deixar els talibans en funcions de guàrdia. Cinc minuts després, aquell home imponent va sortir de l'Airbus amb el mateix aire superb amb el qual hi havia accedit. Va ser llavors, quan passava pel costat d'on s'asseia l'Anna, que la psicòloga va sentir un impuls sense fre, inconscient, que va fer que aixequés el cap i clavés les ninetes al rostre d'aquell home. Per poc temps, menys d'un segon, va mirar aquells ulls castanys, caiguts pels extrems, ulls de gos perdiguer. I va notar com li somreien uns llavis tallats pel vent desèrtic, morats més que rosats. Tot embolcallat per una barba esclarissada, però amb un mentó pelut fins al coll, despentinat, acompanyat d'un mostatxo fet un garbuix, amb quatre pèls blancs. Era la pinta que faria l'actor idoni per encarnar un Dràcula seductor i amb aires de dandi, amb una fatxa transsilvana impecable. Va ser un raig, un llampec de temps, que va servir-li per reconèixer una cara que la va envair d'una pau desconeguda, d'un assossec remot. Era com si veiés la talla d'un déu romànic en carn i ossos. La cara de la clemència o, potser, la cara de la redempció.

Tot seguit, quan aquell home i els afganesos van sortir de la nau, en Red Cap els va comunicar que ja podien reincorporar-se als seus seients. Llavors l'Anna, recolzant l'esquena, va sentir com una passatgera índia deia:

–Era ell, oi? –preguntava pel seu voltant a altres segrestats–. Era ell! I tant! Alguns el coneixen com el Príncep... però nosaltres el coneixem com l'Enginyer de la Guerra.

15

SETÈ DIA DE SEGREST

(DIJOUS, 30 DE DESEMBRE DE 1999)

Aquell matí, quan Pilar Rahola, la diputada d'Esquerra Republicana de Catalunya al Congrés, va arribar al seu despatx de les Corts espanyoles, va obrir el diari *Avui* que li havien deixat sobre la taula i ràpidament va anar a buscar el seu article a la pàgina 15 per llegir-lo amb la calidesa pròpia del paper i la satisfacció de la feina ben feta. Possiblement va pensar «que bé m'ha quedat!». La tarda anterior, després de rumiar-s'ho uns minuts, va creure que el títol perfecte seria *A l'Anna Lloret, que pateix l'infern*. Havia trobat la inspiració per escriure l'article després de veure la foto de la noia en una portada. Aquest n'és un extracte:

«Anna, ets l'únic rostre que coneixem dels rostres que sabem que bateguen, anhelen i respiren en aquest avió contaminat. A la foto dels diaris se't veu una cara dolça, una mirada penetrant, crec que una intel·ligència aguda. Fins ahir mateix eres només un nom entre noms, i ara que et sabem el color, i el somriure i els ulls de la vida, ets el rostre de tots els rostres. Tens tant dret a viure que no sóc capaç de trobar cap argument, d'aquells que tenen a veure amb l'anàlisi internacional, o amb la geopolítica, o no sé amb què més i que diuen que expliquen aquesta mena d'esdeveniments. Potser, si no hagués vist el teu rostre, et parlaria del conflicte caixmiri i de les claus que analitzen el terrorisme islàmic, i de les teocràcies, les pitjors de totes les dictadures, perquè són dictadures del cervell, fetes en nom de l'únic dictador que no es pot discutir, el déu que a vegades la humanitat es fabrica per camuflar-hi els seus pitjors fantasmes. Però t'hem vist el rostre, i t'hem endevinat els projectes, la joventut que t'explota a la pell, la llarga quantitat de dies que encara has d'escriure en la teva biografia [...].

»[...] Potser us haurà quedat, fix al calaix de la memòria, l'esguard d'un nen aterrit que intentava entendre per què ser adult vol dir, a voltes, resultar tan indesxifrable. O qualsevol altra imatge que ara ni sabeu, que la memòria és una fada capriciosa i sorprenent. Però sobretot no oblidareu l'esguard que té l'home quan decideix ser un bàrbar.

»Personalment no prego per vosaltres. Ja hi ha massa déus en joc. Però anhelo per vosaltres, com molta altra gent ho fa. Sapigueu que, sense conèixer-vos, hem après a estimar-vos. I que això, l'estimació que ara us tenim, ens dóna sentit com a poble. Sou nosaltres. Per això, ara que no hi sou, nosaltres tampoc hi som del tot. Un petó, amics. Torneu aviat.»

* * *

A bord de l'IC-814.

A la matinada, encara amb una negra nit sobre Kandahar, van accedir a l'avió dos afganesos vestits amb un polo de color blau cel i uns pantalons d'obrer o de mecànic. Anaven carregats amb tot tipus d'estris de neteja. Van intercanviar quatre paraules amb en Bhola i en Shankar i es van disposar a posar ordre en aquell cau d'insalubritat tan bonament com van poder. Després d'ells, diversos talibans van pujar a bord aigua i menjar. Era l'àpat més complet que l'Anna i la resta del passatge ingeria des de feia una setmana: pollastre, verdura, arròs, pa sense llevat i dues peces de fruita per cap. També els van facilitar algunes velles revistes de viatges i de senderisme.

Aquells gestos van sorprendre a tothom, i també va deixar-los bocabadats el grau de gentilesa dels cinc segrestadors, que havia augmentat exponencialment en molt poc temps, tot i que un d'ells, en Burger, encara es mostrava hostil a estones. Alguna cosa havia canviat. Era evident; tot era massa plàcid. L'ambient era diferent: com si ara es trobessin en una sala d'espera en lloc d'estar immersos en un segrest al bell mig de l'Afganistan. Podien parlar entre ells –sense moure's dels seients–, anar al lavabo amb molta més llibertat i dormir. I tot, semblava, s'havia produït després que aquell home amb aires messiànics, el Príncep, els hagués visitat feia unes poques hores. Aquell que semblava un personatge literari de Bram Stoker, aquell que semblava construït d'una extravagant espiritualitat pròpia. Feia l'efecte que aquell malson s'havia acabat. S'olorava que aquella història tenia un punt i final. El que no sabien –ni l'Anna ni ningú altre– és que, quan tot indicava que allò s'acabava, en realitat només havia començat. I duraria la resta de les seves vides.

* * *

Mollerussa.

–Han arribat a un principi d'acord –va explicar-li en Matutes des de l'altre costat de la línia telefònica–. Han aconseguit que els segrestadors acceptin unes condicions concretes a canvi d'alliberar els passatgers.

–Senyor ministre –va inquirir en Santi–, quan els deixaran anar?

–Això no ho sé... però les properes hores són decisives –va continuar Matutes–. Resulta que han pactat amb un líder afganès, un dels que mana més, que havien de deixar marxar els ostatges. Es veu que a canvi l'Índia ha d'alliberar tres islamistes, i ara estem pendents d'això. Un cop aquests tres arribin a Kandahar, tot sembla indicar que la seva filla serà lliure.

–Ja no demanen diners? –va preguntar el pare de l'Anna, encuriosit.

–Es veu que no... Els talibans han acabat fent d'intermediaris entre els segrestadors i el govern de l'Índia i ja no cal que es pagui ni una sola pesseta –va afegir el ministre–. Per cert, serà el nostre ambaixador a Nova Delhi qui s'encarregarà que l'Anna i el seu gendre tornin a casa. No es preocupi per res. De debò... Seguim en contacte, i, si us plau, ànims!

* * *

A bord de l'IC-814.

Havia estat xerrant amb la Shira i en David una bona estona. Després va decidir fer una capcinada, ja que l'atmosfera era molt més relaxada i necessitava descansar. L'Anna, de totes maneres, seguia amb un rau-rau perquè encara ningú, ni de dins ni de fora de l'avió, els havia dit quan recuperarien la llibertat o si ho acabarien fent. De sobte, en Burger –amb un kalàixnikov penjat a l'espatlla– se li va apropar i es va asseure al reposabraços del seient on era, tocant al passadís.

–Com estàs?– li va preguntar el pirata aeri amb un anglès força polit.

–Vull marxar cap a casa –li va contestar l'Anna amb una sinceritat brutal.

El terrorista, sorprès per la contundència d'aquella occidental, se la va mirar fixament i li va replicar un «jo també».

Quan la Lloret va sentir que en Burger també volia sortir d'aquell avió va esbufegar alleugerida; si més no, va creure que potser –amb una mica de sort– no els executarien i que aquell ambient tranquil que feia estona que planejava a bord era, en el fons, el preludi de la llibertat. El terrorista es va quedar pensatiu tres segons i va continuar enraonant:

–Saps? Tinc una filla i la vull tornar a veure ben aviat.

La psicòloga, empesa per una espècie d'instint de supervivència que li va néixer de dins, va fabular:

–Jo tinc cinc fills que m'esperen al meu país, a casa meva.

I immediatament va arrodonir la mentida dient-li els cinc noms dels seus benjamins ficticis. En Burger es va quedar atònit. L'Anna va provar d'engreixar aquella invenció com va poder per intentar entendrir una mica més aquell pakistanès que potinejava amb el canó de l'arma:

–Estic preocupada pel fill mitjà, el tercer –va especificar–. Està molt malalt i li fa falta la seva mare.

–Has criat molt jove, oi? –li va tornar a preguntar el terrorista, aquest cop amb més interès.

–Sí... –L'Anna va encongir les espatlles.

–I què hi fas aquí si tens cinc fills a l'altra punta de món?

–Treballo en una ONG –va etzibar-li la Lloret intentant semblar encara més convincent.

En Burger es va alçar d'on era assegut i se'n va tornar al seu lloc per, en silenci i amb la mirada caiguda, seguir vigilant el passatge. Però poc s'hi va estar. Immediatament va abandonar el posat pensatiu i, per decisió pròpia, va baixar a la bodega decidit a trobar les bosses negres amb els explosius que no havien aparegut.

* * *

Mollerussa. Sala de plens de l'Ajuntament.

La roda de premsa estava plena de gom a gom: periodistes, càmeres, fotògrafs. L'alcalde Bosch es va asseure a la taula farcida de micròfons. A la seva vora, la cap de l'oposició, portaveu de la família i tieta de l'Anna, la Teresa Ginestà, també prenia posicions. Es van mirar l'un a l'altre i ella li va dir:

–Tu ets l'alcalde, Toni. Et cedeixo la paraula.

Llavors, el jove batlle va llegir al peu de la lletra allò que tenia escrit:

–Podem dir que ens arriben bones notícies que ens obren noves esperances i ens fan veure el final d'aquest obscur túnel. Els darrers detalls que ens explica l'Oficina d'Informació Diplomàtica ens ajuden a aixecar-nos els ànims a tots, i en especial als familiars. Ens han informat que tots els passatgers es troben sans i estalvis malgrat que poden presentar alguns quadres d'atròfia muscular. Els segrestadors han permès l'entrada de menjar i aigua en abundància. A més, s'ha permès que treballadors de l'aeroport de Kandahar netegessin l'Airbus, perquè les olors ja resultaven insuportables...

Aleshores, la Ginestà va interrompre'l:

–A prop de l'avió, equips de l'ONU i de la Creu Roja Internacional han instal·lat tendes per si cal oferir una assistència mèdica urgent quan els alliberin. L'Índia, a més, té preparades cent cinquanta ambulàncies per atendre aquells ostatges que ho necessitin i traslladar-los a diferents hospitals del país que ja estan en situació d'alerta.

Després, es va cedir el torn a la premsa. La sala es va convertir en una habitació plena de braços alçats, i va haver-hi una allau de preguntes.

* * *

A bord de l'IC-814.

–T'ordeno que tornis amb el passatge ara mateix! –li va dir en Red Cap apuntant-lo amb una pistola.

En Burger el va ignorar. Seguia remenant tots els racons de la bodega, buscant les bosses negres amb els explosius.

–No m'ho facis repetir, fill de puta! –va insistir en Red Cap enfurismat–. Et mereixes que et clavi un tret al cap. Per culpa teva hem fracassat! Gos! Malparit! Fill de mala mare! Desgraciat! Porc heretge!

En Burger se'l va mirar amb els ulls encesos d'odi, i sense

contestar-li ni un sol de tots els insults abocats sense control, se'n va tornar cap a dalt, amb el passatge. Llavors es va tancar al lavabo de la nau i va plorar desconsoladament com un nen.

* * *

Aeroport de Nova Delhi.

Un portaveu del CMG, també en roda de premsa, com passava gairebé de forma simultània a Mollerussa, demanava «cautela».

–Han arribat una vintena de soldats indis a Kandahar. Sospitem que el govern afganès està darrere del segrest –va afirmar. No era la millor manera d'alleugerir els ànims, de crear una *détente* propícia perquè el desenllaç fos pacífic–. Van vestits de camuflatge, per tant, se sap qui són. Es veuen a simple vista. Estan dotats del material més modern de què disposem. Això no significa que tinguem previst assaltar l'avió. No pas.

El portaveu, fins i tot, va declarar que els cinc segrestadors estaven al corrent d'aquesta «mesura de precaució índia», i a més hi estaven d'acord. Inclús un carro de combat havia pres posicions dins de l'aeroport de Kandahar i els soldats presents a les instal·lacions havien rebut armes antiaèries, concretament míssils Stinger, de fabricació nord-americana i entregats a les guerrilles d'aquella zona pel govern de Ronald Reagan. Pel govern indi, aquella decisió formava part de «les qüestions normals en termes de seguretat».

* * *

Aeroport de Kandahar.

La BBC li va demanar una entrevista telefònica a Eric de Mul, que va declarar:

–Començo a estar satisfet amb el transcurs de les negociacions. Sóc molt més optimista des que els segrestadors han rebaixat les seves exigències. Ara el més important és que tothom conservi el sentit comú i mantingui el cap ben fred.

El portaveu de l'ONU va confirmar que un avió –també un Airbus de la mateixa companyia índia– volava en aquells moments cap a Kandahar, procedent de Nova Delhi, per recollir els ostatges en cas de ser alliberats, cosa que evidenciava que quedaven poques hores de captiveri.

–No sabem exactament què és el que ha modificat tant la situació les últimes hores –va continuar De Mul convincent, tot i ser conscient que estava amagant certa informació–. Sols sabem que els segrestadors han renunciat a alliberar a una quarantena d'islàmics i sols en reclamen tres. A més, ja no demanen cap tipus de compensació econòmica.

* * *

A bord de l'IC-814.

–Torre de control... Torre de control... em rebeu? –comunicava el pilot per ràdio–. Em diuen que el passatger no cal que torni a bord. Repeteixo... li acaben d'atorgar la llibertat al passatger diabètic.

* * *

Mollerussa.

–Digui'm, ministre... –contestava el pare de l'Anna–. D'acord... d'acord... o sigui que Indian Airlines ha enviat un avió cap a l'Afganistan per recollir-los?... Sí, és clar... Unes hores, solament?... Sí... Sí... No es preocupi, nosaltres mantindrem la calma... Moltes gràcies per tot, senyor Matutes... Gràcies... Adéu... Adéu...

* * *

A bord de l'IC-814.

Un soroll molt fort va emmudir l'avió. Eren cops que provenien del lavabo. Puntades i cops de puny acompanyats de crits en urdú. En Burger, que s'hi havia tancat feia tres o quatre hores, no podia sortir. La porta s'havia travat. Els cops augmentaven però cap dels seus companys feia res per alliberar-lo. El passatge estava girat mirant aquella porta.

–No hi aneu! Ha de reflexionar... –va ordenar en Red Cap als altres segrestadors.

–Però senyor... –va replicar en Shankar des de la meitat de la nau.

–He dit que no. No! I quan dic no és no!

* * *

Mollerussa.

–Hola de nou, senyor Matutes... Sí?... Demà? –preguntava en Santi–. Sí... Demà? Segur?... D'acord, d'acord... Ens avisarà vostè, doncs, eh?... Sí... Sí... Ara els ho dic... Sí... d'acord... Bona nit... Adéu... Adéu...

* * *

A bord de l'IC-814.

La porta va espetegar tan fort i tan reiteradament que es va acabar obrint, bruscament. L'última puntada li va produir una forta contusió al peu, i va caure a terra queixant-se. La resta de segrestadors no es van moure mentre observaven l'escena i en Burger seguia recargolant-se de dolor sobre la moqueta. De ben segur que s'havia trencat alguna falange.

16

VUITÈ DIA DE SEGREST

(DIVENDRES, 31 DE DESEMBRE DE 1999)

El rellotge de polsera de l'Anna marcava quarts de set del matí i bona part del passatge ja estava despert. La nit havia estat tranquil·la, sense sobresalts. Un parell d'hostesses escollides pels terroristes van repartir algunes peces de fruita i aigua per esmorzar. En Shankar proclamava de tant en tant que tothom pregués per l'Enginyer, ja que gràcies a la seva bondat podien alimentar-se. Al mateix temps, en Red Cap va obligar el pilot i el copilot a seure a la classe turista. La cabina de comandament, per tant, quedava oficialment buida i es tallava qualsevol comunicació de ràdio amb l'exterior.

Un dels occidentals, de nom Roberto, es va aixecar del seu seient ràpidament, sense ser vist, i es va dirigir on estava asseguda la Lloret. Es va asseure a la seva vora. Llavors va fer un gest als de davant i als de darrere perquè paressin atenció, com si intentés muntar una reunió clandestina i fugaç. Els eivissencs van apropar la cara a la ranura dels seus seients de davant i la Shira i en David es van girar. Llavors, en Roberto els va explicar –en un anglès afrancesat– que duia «molts calés en efectiu». Es va ficar la mà a la butxaca de la rebeca de punt i en va treure un feix molt gruixut de dòlars relligat amb una goma.

–Són americans –va aclarir–. Encara que siguin meus, penso que els podem dir que hem fet una col·lecta entre tots i que els entreguem aquests diners per a la seva causa.

–I per què ho hauríem de fer? –va preguntar en David.

–Potser és una manera de demostrar-los que no els odiem, i així potser... qui sap?... ens deixen marxar –va contestar en Roberto–. Sé de què parlo, de debò.

Tots hi van estar d'acord; cap més rèplica. En Roberto es va dirigir cap a en Burger a poc a poc, amb un posat submís. Va intercanviar quatre paraules amb ell i li va entregar el feix de bitllets. El terrorista el va rebutjar i va ordenar a l'occidental que es tornés a asseure. Aquest va encongir les espatlles, va fer mitja volta i va picar l'ullet a l'Anna i a la resta, que es miraven l'escena amb impaciència. Quan va passar pel costat d'ells els va dir:

–No m'ha volgut ni escoltar. Torno al meu seient amb la meva neboda. Sóc unes files més enrere. No patiu... ens deixaran anar tard o d'hora.

* * *

Aeroport de Nova Delhi.
El CMG respirava de nou. Eric de Mul va confirmar als talibans que custodiaven l'avió que els tres presoners caixmiris acabaven d'arribar a les instal·lacions de Kandahar procedents de les presons índies. Si volien, en pocs minuts es podia fer el bescanvi entre ells i el passatge.

* * *

Aeroport de Kandahar. 12.28 h (8.28 h, hora catalana).
En Maulana, l'Omar i en Mushtaq, els tres caixmiris, es van asseure en una de les *pick-up* que envoltaven l'avió. Estaven somrients, contents, eufòrics. Eren lliures després de passar molt temps a la presó. Els talibans els van garantir que marxarien d'allí aviat: «Quan els vostres companys abandonin l'Airbus, començarà el vostre nou viatge, per Al·là.»

En Maulana Massud Azhar va abaixar la finestreta i va preguntar:

–És a bord, el meu germà?

–Sí –va contestar rotundament un dels talibans–. Però estan enemistats entre ells.

En Maulana va fer una ganyota de desaprovació però immediatament va tornar a somriure.

A dins de l'avió, en Burger va agafar amb la mà esquerra el micro de la megafonia. Amb la mà dreta brandava una pistola. Encara coixejava.

–Abandonem l'Airbus d'aquí a vint minuts –va dir el terrorista dirigint-se al passatge–. Tres dels nostres germans caixmiris ja es troben entre nosaltres. Heu de saber que el diable capitalista s'enfronta a una força lluminosa guiada per l'únic Profeta, per Mahoma... La nostra guerra continua en nom d'Al·là. El nostre poble serà lliure i el govern indi i els seus còmplices es penediran ben aviat d'haver-nos imposat el patiment que ens han infligit durant anys. Les paraules del Pare Totpoderós ens han escollit per liderar el vent del canvi... som el vent del canvi. Els fonaments d'Occident seran enderrocats en breu! Al·là és gran!

Llavors, en Shankar, en Bhola i en Doctor van dirigir-se a primera classe, on els esperava, resant algunes oracions, versicles de l'Alcorà, en Red Cap. En Burger va concloure:

–Heu de seguir asseguts, en silenci i en calma. Quan nosaltres marxem, l'avió seguirà custodiat pels germans afganesos. No feu res! Ells també van armats –va alertar–. Ara, si us plau, reseu amb nosaltres...

Llavors, en Burger va deixar el micròfon i es va reunir amb els altres segrestadors a la part davantera de la nau. En Shankar, en Bhola i en Doctor es van apartar d'en Red Cap, que seguia pregant en veu baixa.

–Reses? –li va preguntar en Burger.

–Resa amb mi... –li va contestar en Red Cap tancant els ulls i acotant el cap.

En aquell instant, en Burger es va treure una navalla suïssa de la butxaca. Va desplegar el llevataps i va fer un gest amb el cap als altres tres. En Shankar, en Bhola i en Doctor van subjectar ben fort qui havia estat el seu líder durant vuit dies. En Red Cap va seguir pregant, sense immutar-se, resignat, mentre en Burger, carregat d'ira, l'apunyalava amb un tirabuixó als braços i al pit. Amb el cos ple de ferides superficials, en Red Cap gemegava de dolor, però seguia les seves oracions. Llavors, en Burger es va guardar la navalla i amb el matxet amb què havien mort en Rupin Kaytal va acoltellar-li el cor, enfonsant bé la fulla al tòrax. Just quan el cos d'en Red Cap va perdre la vida, li van llescar el coll, i el van deixar estès en posició fetal a sobre de la moqueta. Van recollir tot l'armament de què disposaven i se'l van carregar a sobre. Van transportar el cos d'en Red Cap a la cabina de comandament, que ja estava buida, i van tancar la porta. Després, sota la mirada de sorpresa del passatge, van creuar la nau fins a la part de darrere, on van descendir per l'escala de corda fins a la pista d'aterratge. Altra vegada es va sentir un «Al·là és gran». Tot seguit, una corrua de cinc tot terrenys on hi havia els segrestadors i els caixmiris alliberats es va escapar de l'aeroport de Kandahar a tot gas cap a un destí desconegut anomenat el Cau del Lleó.

A bord, els passatgers estaven molt confosos. Miraven a totes bandes, i alguns es van aixecar dels seus seients amb precaució. Uns altres miraven per les finestretes; a fora encara hi havia diversos talibans armats. Els occidentals es van abraçar entre ells, tímidament. Un home indi va començar a gravar amb videocàmera. Les hostesses es van reunir amb els pilots; ploraven d'emoció. El suspens regnava a la classe turista. «Som lliures?», es va preguntar l'Anna.

* * *

Mollerussa. Mig matí.

Els pares de la psicòloga eren al menjador, asseguts pacientment al sofà. Mentrestant, en Jaume estava al llit llegint *It* per matar, com era habitual, aquell temps d'angoixa extrema. De cop i volta, va sonar el telèfon i va sentir com sa mare cridava. Llavors, el petit dels Lloret va llançar el llibre a terra quan li faltaven tan sols deu pàgines per acabar-lo. Va sortir de l'habitació a una velocitat endimoniada i es va llançar als braços dels seus pares fonent-s'hi i confonent-s'hi. «Són lliures! Són lliures! Són lliures!»

Al cap d'uns minuts, la casa familiar es va omplir de veïns, amics, polítics, periodistes i desenes d'ampolles de cava. La tele tornava a estar encesa, encara que ningú la mirava –o la miraven de cua d'ull–, el volum a tot drap.

* * *

A bord de l'IC-814. Primera hora de la tarda.

Com que semblava que el perill havia desaparegut, l'Anna va anar on encara estava ajagut l'Ignasi. Ell, malgrat que sabia que no havia actuat bé deixant-la sola, la va abraçar tan fort com va poder, i la va omplir de petons. La Lloret, doblegada per l'emoció, va deixar córrer amb resignació la reacció covarda que el seu marit havia tingut les darreres hores, i sense més ni més, ni tan sols obrir boca, li va respondre amb les mateixes mostres d'afecte. Ara bé, aquella actitud que a ella li havia semblat tan egoista, fins i tot perillosa, havia plantat una llavor de dubte dins seu, malgrat que volia mirar cap a un altre cantó i esforçar-se a perdonar-lo o potser a entendre'l. Llavors van sentir com algú abordava la nau per la part davantera. Un home amb bigoti i amb una corbata mal col·locada va pujar a bord acompanyat de policies:

–Hola! Sóc Eric de Mul, membre de l'ONU... tothom està bé? Poden caminar?

Tot el passatge es va tornar a asseure als seus llocs. Afortunadament, tothom podia sortir de l'avió pel seu propi peu.

–Hem habilitat unes escales i aniran baixant de mica en mica i en ordre, d'acord? –va dir De Mul–. Enhorabona! Són lliures!

I de mica en mica, com havia dit aquell home, els ostatges van sortir de l'avió, uns amb més facilitat que altres. Van començar a buidar la nau per la part del davant, de manera que la psicòloga i el seu marit van ser dels últims. Quan els va arribar el torn, es van alçar tranquil·lament i es van apropar a la porta de sortida. L'Anna va observar moltíssima gent escampada amunt i avall per la pista d'aterratge. Les càmeres dels fotògrafs treien fum. Però ella es va quedar amb una instantània d'aquell moment, única i seva. A poc a poc –li feien molt mal les cames– va posar un peu al primer graó de les escales metàl·liques. Després l'altre. Quan els va tenir tots dos fora de l'IC-814, va retratar aquella imatge a la ment. Llavors va pensar: «Abans de pujar a l'avió era lliure. Ara sóc lliure de veritat. Ara sóc viva, viva de veritat.»

* * *

Un avió de la mateixa companyia els va portar a Nova Delhi, on aquella nit van celebrar un modest Cap d'Any a l'ambaixada espanyola juntament amb els eivissencs i tot el personal diplomàtic. L'amfitrió de la vetllada era Alberto Escudero, l'ambaixador, que va intentar trobar un menjar decent –una espècie de pollastre rostit– per a aquells compatriotes alliberats. Morta de son, l'Anna va atendre una trucada d'un parell de ràdios espanyoles i després va parlar emocionada amb els seus pares i el seu germà. Tot seguit es va banyar molta estona, i després es va vestir amb la poca roba que l'Escudero els va poder facilitar: una camisa blanca d'home unes quantes talles més gran i, per faldilles, una manta subjectada amb una corbata a la cintura. En aquell immens lavabo es va mirar les mans. A l'esquerra hi duia l'aliança, a la dreta l'anell de nacre. Se'ls va treure i els va deixar al marbre de la pica, l'un al costat de l'altre. Va pensar que es desprenia d'una pell antiga, com ho fan les serps quan la muden, i va saber que aquell gest seria la seva cicatriu, el seu símbol. Segons més tard, es va quedar adormida profundament en un dels llits de l'ambaixada. Moltes hores. L'endemà, els esperava un llarg viatge fins a casa.

* * *

Ni dos-cents milions de dòlars ni una quarantena de presos islamistes. Els cent setanta-vuit passatgers van ser intercanviats finalment –i tan sols– per tres terroristes que estaven engarjolats a l'Índia: Maulana Massud Azhar (germà d'en Red Cap), Omar Said Shaikh i Mushtaq Ahmed Zargar. L'alliberament dels tres radicals va comportar que aquests continuessin la lluita terrorista, interrompuda pels anys de presó: un efecte dominó.

Anem a pams.

Maulana Massud Azhar va néixer el 1968 a Bahawalpur, al Pakistan. Va rebre una educació islàmica en una de les principals universitats religioses del país: Jamia Uloom i-Islami. Després de completar la seva formació, es va convertir en professor d'institut durant alguns anys mentre escrivia diversos llibres on mostrava els seus pensaments i editava una revista religiosa. A principis dels noranta, va fundar Harkat ul-Ansar, organització amb la qual va perpetrar diversos actes terroristes que el van portar de cap a la presó índia l'any 1994. Quan se'l va alliberar, per tant, feia sis anys aproximadament que estava engarjolat. Aquell 31 de desembre de 1999, Azhar va volar fins a l'Afganistan, on es va reunir amb l'Enginyer de la Guerra, de qui es diu que li va donar considerables sumes de diners.

Tot sembla indicar que encara és viu. De les últimes coses que se'n sap és que al febrer del 2014 es va dirigir a milers de partidaris seus a la ciutat de Muzaffarabad, on sembla que va exhortar les autoritats pakistaneses a aixecar les restriccions de tot tipus a la gihad. Després del seu alliberament, Massud Azhar havia creat el JEM (escissió d'Harkat), que aviat es va convertir en un dels grups gihadistes més ferotges de la regió. A més de les activitats de la guerrilla, l'organització va mantenir estrets llaços amb l'antic «règim dels estudiants» de l'Afganistan: centenars d'activistes del JEM van rebre entrenament en campaments paramilitars islàmics, cosa que els va posar en contacte amb Al-Qaida. El JEM de seguida va ser inclòs a la llista internacional de grups terroristes després que l'acusessin d'haver planejat l'atemptat contra el Parlament indi el desembre del 2001. Després d'aquell atemptat sonat, el JEM es va dividir en diverses faccions i va continuar les seves activitats. Aquestes faccions, segons els informes, han participat en nombrosos atacs terroristes dins del Pakistan.

Tot i que el seu grup està prohibit i perseguit, Massud segueix amb les seves activitats terroristes. Les cintes d'àudio dels seus parlaments i les seves publicacions es distribueixen lliurement. Massud Azhar va cuidar bé el seu discurs i les seves maneres mentre va ser a la presó, però quan el van alliberar, aquell gener de 1999, va recuperar la seva retòrica guerrera, que queda de manifest en la frase «Cal que no defallim, perquè encara hem de destruir l'Índia.» Al cap d'un temps, Massud Azhar escrivia una carta a la CNN, a la BBC i a Fox News on, a banda de l'Índia, amenaçava els Estats Units i la resta de països occidentals: «No ens podreu enganyar ni ens trobareu. Estem a l'interior dels mars, dels oceans, de les muntanyes, dels cementiris, a tot arreu. Això és l'inici, i és una autèntica guerra contra els Estats Units. Occident assaborirà el gust de la mort i la destrucció que s'ha produït.»

* * *

El segon pres alliberat s'anomenava Omar Said Shaikh, i es va fer especialment famós perquè va ser el responsable de la mort de Daniel Pearl, periodista del *The Wall Street Journal*. De fet, el primer cop que vaig topar amb el seu nom vaig recordar que havia vist aquesta història als cinemes Bosque de Gràcia. L'explicava l'any 2007 el director Michael Winterbottom a la pel·lícula *Un corazón invencible*, un film basat en les memòries publicades per la dona de Pearl, Mariane, interpretada per Angelina Jolie a la gran pantalla. Omar va ser arrestat l'any 2002, acusat de decapitar el periodista després de tenir-lo segrestat durant vuit dies a Karachi. Aquesta pràctica de degollar occidentals es faria malauradament popular els anys posteriors per culpa dels integrants d'Estat Islàmic. Pearl seria dels primers periodistes a ser executat amb aquest covard mètode, que, és clar, incloïa una gravació de l'assassinat amb una videocàmera domèstica. El 2007, el mateix any de l'estrena de la pel·lícula, una operació policial feta a Barcelona va acabar amb la condemna de tres pakistanesos acusats d'enviar diners als assassins de Pearl des de la capital catalana a través d'un sistema de finançament que no deixa rastre basat en el persona a persona.

L'any 2001, un diari de l'Índia va proclamar que Omar era un dels membres de l'escala de comandament que va organitzar els atemptats de Nova York. A banda d'això, de ben jove ja era una espècie de llegenda viva. Els seus orígens reforcen, sens dubte, la seva reputació. Fill d'un pakistanès d'alt nivell, va anar a diverses escoles d'elit tant a Anglaterra com al Pakistan, una combinació que el converteix en el model d'una nova generació de terroristes amb llaços entre el món fonamentalista musulmà i l'occident. La seva devoció per la guerra santa prové de l'any 1993, quan es va allistar en una missió a Bòsnia organitzada pel Comboi de la Pietat, una associació caritativa islàmica del Regne Unit. Omar es va posar malalt a Croàcia i no va arribar a trepitjar territori bosnià, però aquell viatge va marcar les pautes del seu futur. Allí va decidir que primer s'entrenaria militarment a l'Afganistan i més tard intentaria entrar en contacte amb grups terroristes del Caixmir. D'aquesta manera, el jove rebel va trobar la seva causa. Una de les coses que impacten més de la seva biografia és que era excel·lent en matemàtiques i un expert en escacs. La pel·lícula de 1987 protagonitzada per Sylvester Stallone titulada *Over the Top* (a Espanya es va estrenar com *Yo, el halcón*) li va servir d'inspiració per aficionar-se a la lluita cos a cos.

Es va unir a l'organització Harkat de Massud Azhar amb tan sols vint-i-un anys i aviat va escollir la seva especialitat, amb la qual es faria cèlebre: el segrest d'estrangers occidentals. Amb el seu refinat accent britànic i les seves maneres de classe alta, era l'home perfecte per dur a terme aquesta tasca. L'any 1994, Omar va segrestar quatre excursionistes –tres britànics i un nord-americà– amb l'objectiu d'intercanviar-los per presos islàmics de les presons índies. Va encadenar les seves víctimes a terra i va amenaçar amb decapitar-les si el govern indi es negava a col·laborar; un dels segrestats recorda que Omar se'n reia mentre els amenaçava. Abans que es pogués produir l'intercanvi, però, algú el va delatar i els reus van ser alliberats. Després d'un tiroteig i un judici, Omar va ser reclòs en una presó índia fins que el segrest de l'IC-814 li va tornar la llibertat un parell d'anys més. L'últim informe sobre ell data del 2014, i especifica que es troba pres i en una cel·la a part en alguna presó índia.

* * *

El tercer en discòrdia és Mushtaq Ahmed Zargar, el menys conegut. Va néixer el 1967 a la zona del Caixmir. L'any 1984 es va convertir en membre del Front Islàmic d'Alliberament i va ser detingut de seguida. Quatre anys després, va anar-se'n al Pakistan per rebre entrenament militar durant un any.

Després Mushtaq va tornar a l'Índia el 1989 i va formar un grup anomenat Al-Mujahideen Umar (HUM) que es creu que operava sota el patrocini i amb el suport financer del servei secret pakistanès. Aquell mateix any, va segrestar Rubaiya Sayeed, la filla del ministre de l'Interior de l'Índia. El segrestador va exigir l'alliberament de cinc dels seus companys a canvi de l'alliberament de Rubaiya. El govern va acceptar les seves demandes i va alliberar els terroristes empresonats. Aquell 1989 també el van acusar de diversos casos d'assassinat i va acabar sent detingut el maig del 1992. Immediatament després del seu alliberament (a canvi del passatge de l'IC-814), Mushtaq va renovar l'activitat del grup HUM, prop de la frontera amb l'Índia, amb el reclutament i la formació de joves musulmans en la guerra de guerrilles al Caixmir. Tot sembla indicar que des del 2007 Mushtaq Ahmed Zargar viu a Muzaffarabad sense cap restricció.

17

AEROPORT DEL PRAT

Estava tan pendent de recordar què havia passat dins de l'avió –i durant el segrest– que hi ha moltes coses que se li han esborrat i d'altres que potser la seva ment les ha esborrat expressament perquè són innecessàries, o potser perquè fan massa mal. O qui sap si estava més concentrada a ordenar les seves idees que a ordenar les dels altres. Efectivament, tal com se'n diu en argot, l'Anna anava a la seva bola. Estava més per recopilar-ho tot, la seva pròpia experiència, que no pas per tot aquell rebombori que li donava la benvinguda a l'aeroport del Prat. És per això que en aquell moment es va adonar que havia perdut o s'havia deixat a l'ambaixada el quadern on havia pres apunts sobre psicologia, el mateix que en Burger li havia guixat, la mateixa llibreta que va fer que una mollerussenca de vint-i-set anys hagués d'explicar què era allò del «català» a un terrorista del Caixmir amb ínfules de màrtir de la guerra santa. El primer que va veure quan va aterrar a Barcelona va ser la cara del seu germà petit, que formava part d'una comitiva on també hi havia la delegada del govern d'aquella època, Julia García-Valdecasas, i també el subdelegat del govern a Lleida, Joan Barios. Abans de marxar cap a Mollerussa, se'ls va exigir d'atendre la premsa, que feia hores que els esperava sota un cel d'hivern més cru de l'habitual.

Aquell vespre de gener, l'Anna i l'Ignasi van llegir un comunicat d'agraïment en una sala de reunions de l'aeroport català.

L'habitació estava plena de gom a gom i els flaixos dels fotògrafs se succeïen com llums estroboscòpiques a altes hores de la matinada. El text parlava dels passatgers i d'aquelles més de cent cinquanta hores que van representar la setmana més llarga de la seva vida. Després d'aquelles paraules, no van poder evadir les preguntes dels periodistes sobre si patien «la síndrome d'Estocolm», sobre si els havien «amenaçat de mort» o sobre si s'havia de ser «molt valent per aguantar vuit dies de segrest». Entre les diverses respostes d'aquella roda de premsa, els diaris en destacaven algunes com: «la pudor era insuportable, a la nit no es podia dormir del fred que feia», «els segrestadors ens enganyaven, fins i tot ens van dir que ens alliberarien diversos cops», «no ens preocupava entendre bé les ordres dels segrestadors, no els podíem mirar» o «mai vam pensar que seríem tan forts per suportar tot allò».

Ja ben entrada la nit van pujar a un cotxe aparcat a l'aeroport, amb en Jaume i algú més, i al cap de una hora i escaig arribaven a una Mollerussa gèlida i solitària, engalanada amb els llums de Nadal. Els dies posteriors van atendre la premsa, van acompanyar l'alcalde i van intentar posar ordre de nou.

* * *

Aquell febrer del 2000, ja instal·lada en la seva rutina, l'Anna va rebre moltes cartes –de correu ordinari– que li expressaven la felicitat que hagués sortit tan ben parada d'aquell tràngol. Avui en dia, en guarda moltes en una caixa de color negre a casa seva.

Entre les més curioses, les que signen persones que l'Anna no coneix, com una on el remitent és «calle Alcalá» de Madrid amb data 31 de desembre. A l'interior del sobre, una postal de Nadal d'Unicef escrita a mà diu: «Aunque no nos conocemos personalmente, queremos que sepáis que nos alegra muy sinceramente vuestra liberación...» La signen un tal Julián, una tal Jeru i *la pequeña Irene*. Una segona carta, amb remitent desconegut, arriba de Mumbai, a l'Índia, i la signen catorze persones diferents amb cal·ligrafia infantil –o que sembla infantil–. S'hi llegeix «Happy New Year». També els escriu l'ambaixada espanyola a Alemanya. Signa Luis Carazo García-Olalla, agregat d'Agricultura, que diu: «...rezamos por ustedes. Gracias a Dios, ya están en casa». El segell alemany està il·lustrat amb la cara de Marlene Dietrich.

També hi ha cartes amb remitents més coneguts, com la del senador per Lleida Josep Varela o la que va enviar Lluís Bassets, director adjunt del diari *El País*. A la pila també hi ha una carta datada el 3 de gener i signada per Montserrat Ferraro, degana del Col·legi Oficial de Psicòlegs de Catalunya.

Ara bé, n'hi ha dues que criden molt l'atenció: la primera ve de l'abadia de Montserrat, la signa un monjo i explica que durant els vuit dies de segrest la comunitat benedictina va dedicar totes les pregàries als ostatges de l'avió. La segona és d'un vell conegut, Alberto Escudero, i diu: «Le mando su libreta de apuntes. Supongo que será un buen recuerdo de la ordalía... si es que quiere recordarla.»

18

SÍMPTOMES LLEUS

Aparentment, l'Anna Lloret no tenia cap problema físic i patia poc psicològicament, excepte que havia perdut pes i que encara no es feia a la idea que havia sobreviscut a l'assalt de l'Airbus. Per contra, va tenir una sensació que mai va explicar a ningú en aquell moment; pel que em va dir, jo vaig ser la primera persona a saber-ho molts anys després. El sentiment de l'Anna era el d'aïllament de tot i de tothom. Res li feia fred. Res li produïa calor. La psicòloga, mirant-me fixament als ulls, em va explicar que tampoc era la típica apatia, sinó que l'explicació que ella donava a aquell estat era una altra, una mica diferent: se sentia així perquè no estava convençuda de ser viva i haver recuperat la seva quotidianitat. És a dir, l'Anna sentia, de ben segur, una certa incredulitat davant el medi habitual que l'envoltava. En les diverses trobades socials que va fer *a posteriori*, un dubte li ressonava al crani constantment: «Què hi faig aquí quan hauria de ser morta?» També experimentava una altra sensació molt relacionada amb aquesta incredulitat. Quan estava amb altra gent –a la feina, al carrer, en un sopar– es veia a si mateixa com una espectadora asseguda a la platea d'un teatre. La seva pròpia vida s'havia convertit en un mer espectacle, un vodevil pur, una tragicomèdia de cap a peus. I just quan va entendre o quan va arribar a la conclusió que el teatre és una representació –potser una projecció– fictícia de la vida i que, per tant, no s'ha de confondre amb la vida real, va saber del cert –o va entendre–

que aquella incredulitat general que sentia s'havia de dissipar. La vida, en pocs dies, va deixar de ser un teatre per convertir-se simplement –i tal com havia estat sempre– en vida.

Aquella incredulitat inicial davant de qualsevol situació li va produir més efectes estranys –potser efectes secundaris– en la seva manera de percebre les coses. No tan sols va sentir durant dies que la vida era un teatre i que ella era una espectadora asseguda a platea, també va sentir l'estranya –i surrealista– sensació de no conèixer-se a si mateixa. No en un sentit d'amnèsia o desmemòria. No pas. Sabia qui era, com es deia, quants anys tenia i qualsevol altre rastre de la seva identitat. Senzillament, a les nits, abans d'anar a dormir, es raspallava les dents, com sempre. Allí, dempeus davant del mirall, fregant-se les genives amb el dentífric mentolat, es mirava a si mateixa i –curiosament– no identificava aquella figura amb l'Anna Lloret que sempre havia vist reflectida en situacions semblants. És per això que s'hi passava més estona de l'habitual, perquè aquella sensació l'embolcallava amb un mar de dubtes que, contràriament, li feien sentir certa seguretat. No és que es rebolqués en la seva pròpia merda, ans al contrari. Volia sentir aquell estat gairebé oníric de no saber qui hi havia davant del mirall. Paradoxalment, la confortava.

Fins que una nit, no gaire temps després, va tornar a identificar la figura que veia reflectida al lavabo de casa. Va identificar els seus cabells rinxolats, la seva pell, els seus gestos amb el canell mentre fregava les dents poc a poc. Va identificar també aquell pijama i aquelles ulleres, i, finalment, es va tornar a reconèixer. Aquella mateixa nit va sentir que aquell desconcert reconfortant es convertia en agraïment. S'alegrava tant d'estar viva que va decidir que començaria a celebrar el seu aniversari dos cops l'any: el 7 de juliol i el 31 de desembre. Aquella decisió també va ser l'inici d'una espècie de renaixement. El seu caràcter es va accentuar, se sentia alliberada i lliure. Aquell era el canvi. No tornaria a portar anells i mai més tot seria absolut. La veritat absoluta no existia. Va arribar a un estat de consciència que encara avui en dia, explica, la fa ser com és.

Paral·lelament a tornar-se a conèixer a si mateixa, la relació amb l'Ignasi va començar a canviar. Si abans el reconeixia, ara cada cop el veia més com un estrany. Com l'efecte invers d'ella davant del mirall. Després del segrest, la seva relació de parella va anar desfullant-se mica en mica. Mai van arribar a parlar del que havia passat en aquell Airbus, que, potser, va ser l'inici del final. Pocs mesos després del segrest, es van separar. Un any i mig després, l'estiu de 2001, van signar el divorci.

* * *

A banda d'intentar tornar a trobar el seu lloc al món, l'Anna Lloret va sentir un cert assetjament els primers dies després del retorn a Mollerussa. Aquest sentiment el va experimentar perquè durant setmanes li venia un pensament recurrent al cap –que en Burger la vindria a buscar i la mataria–, i també perquè la va estar seguint un periodista –creu que madrileny– cada cop que sortia al carrer. La Lloret recorda que era un noi jove –creu recordar que molt jove– que feia guàrdia davant de casa seva i que va intentar persuadir-la amb un to amable però incisiu. El noi la va intentar convèncer uns quants dies per assistir al programa que en aquell moment feia María Teresa Campos a televisió.

L'Anna recorda que el xicot, quan la veia sortir al carrer, se li apropava discretament, li deia un «buenos días» o un «buenas tardes» i amb un castellà molt pulcre li preguntava si volia acceptar una entrevista al magazín *Día a día* de Telecinco, l'espai líder de la franja matinal del moment, que li va valer a la Campos el títol de *reina de las mañanas*. La Lloret explica, tot fent memòria, que ella seguia caminant cap allà on anés en aquell moment i que educadament rebutjava l'oferta. La insistència d'aquell madrileny va durar aproximadament una setmana llarga, i no va ser l'únic periodista que va provar de convèncer la psicòloga perquè concedís una entrevista en algun canal. A banda del missatger de la Campos, l'Anna evoca diverses trucades de les productores executives que nodrien les cadenes amb els programes. Entre aquestes, explica que li va cridar molt l'atenció la que va rebre de *Crónicas marcianas* –també de Telecinco–, que la convidava a assistir al plató –amb totes les despeses pagades– amb en Sardà i la seva colla per exposar-se als particulars tercers graus que es produïen cada nit en aquell programa enregistrat en una nau industrial de Sant Just Desvern. Alguna productora, fins i tot, li va deixar caure que potser li podrien pagar una suma raonable de calés si acceptava ser entrevistada. Tot i això, la trucada d'aquella naturalesa que més la va sorprendre va ser una de les últimes que va rebre a casa. S'estava començant a afartar que sonés el telèfon constantment i el va despenjar amb una desgana fronterera amb el cabreig. Els primers segons es va mostrar molt seca, gairebé mal educada, fins que es va adonar que qui li estava trucant era la mateixa María Teresa Campos en persona. D'aquella conversa en recorda poc –o, si més no, no en recorda les paraules concretes amb exactitud–, però sí que sap que la Campos li va expressar el seu malestar ja que no entenia per què ella –una noia de vint-i-set anys amb una gran història– no acceptava que la convidés la gran líder televisiva de la tele espanyola i rebutjava l'oferta constantment. L'Anna creu recordar que la Campos li va fer saber –barrejant paraules en català– que una altra persona al seu lloc es desviuria si tingués la «gran oportunitat» d'explicar la seva vida als mitjans, i en especial a l'espai de màxima audiència matinal. L'Anna no s'ho va pensar ni dos segons: encara un pèl perplexa d'estar parlant amb *la mismísima capo di tutti i capi de la tele*, va rebutjar per deumilena vegada l'oferta de Telecinco.

Però el telèfon continuava traient fum, i l'assetjament no s'aturava. Només feia cinc dies que era a casa i no la deixaven respirar. L'endemà, es va trobar en Carles Porta sortint d'una cafeteria del centre de Mollerussa. L'Anna va veure en ell un aliat: un periodista proper al seu cercle seria la persona idònia per aconsellar-la davant aquell tsunami mediàtic que intentava pescar les seves declaracions.

L'octubre de l'any 1999, el periodista Jaume Barberà va oferir una roda de premsa per parlar del seu nou projecte a Televisió Espanyola: «És un programa que no s'assembla a cap, encara que es confeccionarà amb els elements bàsics del clàssic *talk-show*: debats, entrevistes, música i humor.» El periodista català va prometre no furgar en les calamitats dels altres ni aprofundir en allò més groller per aconseguir audiència. Barberà, amb un to i un estil molt personal, va assegurar que amb el nou programa, que començaria les emissions aquell mateix novembre, estava en joc el seu prestigi. El programa es va titular *Cosas que importan* i s'emetia a la 1 de TVE els dijous a la nit. De totes les ofertes televisives que va rebre l'Anna en aquell principi de gener del 2000, la d'en Barberà va pensar que era la menys agressiva, i per tant la que més s'apropava al consell d'en Carles Porta, que li havia dit que si volia que la deixessin d'acuitar els periodistes calia que donés una entrevista, una de sola molt explícita, i ho expliqués tot.

Dit i fet. El matrimoni de Mollerussa va anar a la tele, a Prado del Rey. En aquell programa d'una hora també hi van aparèixer el cantautor Joaquín Sabina, la pedagoga Dolors Canals, l'actriu Antonia San Juan i Jorge Valdano, el popular *«filósofo del fútbol»*.

Gràcies a alguns contactes, vaig tenir l'oportunitat de veure l'enregistrament d'aquell programa a l'arxiu de RTVE a Barcelona. En Barberà planteja l'entrevista de manera molt cronològica. La primera pregunta és si han viatjat a Madrid en avió per arribar a la cadena. La resposta és «no», però abans que en Barberà s'aprofiti de l'evidència d'aquella contesta, l'exmarit de l'Anna diu que «viajamos en tren por cuestiones prácticas». El qüestionari televisiu dura gairebé mitja hora, i els pregunta sobre l'aeroport de Tribhuvan, sobre com eren i qui eren els segrestadors i sobre les olors i el cansament que provoca estar assegut durant vuit dies. El periodista català es mostra incrèdul quan l'Anna, vestida més clàssica de l'habitual, li explica que els van tenir més d'un dia amb els ulls tapats. En Barberà també insisteix molt a buscar un titular. Reitera durant sis o set minuts si «sufren síndrome de Estocolmo», pregunta que sempre troba una negativa per part de tots dos. La cara de l'Anna en la seva intervenció televisiva és molt expressiva: fa cara d'enfadada o de molesta. Però quan aturo les imatges i em miro fixament el *frame* on s'enfoca el seu rostre en primer pla, crec reconèixer una Anna incòmoda, posada en un paper forçat, una Anna que vol tancar la porta que condueix al seu món interior encara que les càmeres, els focus, el públic i l'audiència no l'hi permetin. És també una Anna visiblement més jove, encara que els efectes dels anys no són tan evidents en ella com en el rostre d'en Jaume Barberà.

L'última pregunta de l'entrevista és: «¿Cómo se comportaron las autoridades españolas?». L'Anna li contesta breument que «el señor Escudero nos trató divinamente». Tot seguit, el periodista els acomiada, però en el pla que mostra el realitzador encara es veuen asseguts en un sofà vermell, i per darrere, venint de l'altre extrem del plató, s'apropa Joaquín Sabina –aquest sí que visiblement més jove–, els saluda i amb un micro de mà els diu: «les deseo una gran luna de miel... pero que en Mollerussa se consume mejor que en Kandahar». Finalment, els dedica la cançó *Noche de bodas*.

* * *

L'aclimatació de l'Anna, però, no va ser instantània, malgrat tornar-se a reconèixer a si mateixa. Va ser una qüestió gradual. Per exemple, recorda que un dia caminava pel carrer. No recorda exactament per on, però sap i assegura que era a Mollerussa. Ja feia força temps que havia quedat enrere aquell malson, aquella sensació vaporosa, o almenys la vida ja no li semblava un teatre on ella era l'espectadora. Ans al contrari: l'Anna tenia cada cop més ganes de viure la seva existència amb intensitat, amb seny però amb intensitat. A més, el concepte de la llibertat individual havia irromput en les seves prioritats a cop de colze. Tenia ganes de fer coses, i estava convençuda que volia aprofitar el seu temps al màxim. Tot rutllava de les mil meravelles. O gairebé tot. De totes maneres, aquella noia que fregava la trentena se sentia més jove que temps enrere. Ja no es vestia tan clàssica, escoltava molta més música, llegia pels descosits i sortia de Mollerussa sempre que en tenia l'oportunitat. I, sobretot, dins seu bullia una mena de magma volcànic que arrossegava part dels seus pensaments cap a l'acte instintiu d'agafar un pinzell i ferir una tela en blanc amb els gargots que li naixien del canell.

Però aquell dia, explica, tornava a casa xino-xano. Pensa que portava una barra de pa a la mà, i fins i tot afirma que em podria dir la fleca on l'havia comprat. Quan va ser en un de tants passos de vianants amb els quals es topava es va aturar: semàfor en vermell. Es va mirar el crostó de pa que sobresortia de l'embolcall del paper d'embalar i li van venir unes ganes irrefrenables de mossegar-lo, o si més no creu que això va ser el que va sentir abans d'alçar la vista, girar el coll i mirar al costat, per on venien els cotxes de cara.

De sobte, una gran esgarrifança li va recórrer l'espinada. I cal remarcar que quan diu «esgarrifança» se li arruga el front, perquè de ben segur la seva memòria xoca amb la seva emoció. M'explica que va veure una camioneta de caixa oberta, una *pick-up*, circulant cap a on era ella. Creu recordar que era exactament igual que les que rodejaven l'avió a l'aeroport de Kandahar, i encara amb el front contret confessa, amb una veu al límit de trencar-se, que va girar cua caminant ràpid, gairebé corrents. L'Anna es pensava que era la mateixa camioneta amb la qual en Burger s'havia escapat de l'avió, i per uns moments, pocs segons, va creure que de dins d'aquell vehicle sortirien uns terroristes armats fins a les celles i que la segrestarien o, pitjor encara, li clavarien un tret a sang freda. La Lloret reconeix que això li continua passant cada cop que veu un vehicle de les mateixes característiques: creu que un dels cinc pirates de l'Airbus baixarà de l'auto i passarà comptes amb ella. Això sí, admet que cada cop ho sent amb menys intensitat. Ara, la intensitat la intenta aprofitar per a la resta de coses de la vida.

Una cosa semblant li va passar quan va reprendre les classes d'anglès en una acadèmia de llengües de Mollerussa. Aquell dia, el professor –britànic nadiu– va voler impartir vocabulari amb el seu alumnat. Tot repassant mots, va sortir –per casualitat– la paraula *weapon* (arma), i el profe, innocentment, va fer el gest de la pistola amb els dits –alçant l'índex i el polze i fent veure que apuntava– i va verbalitzar l'onomatopeia anglesa: «bang, bang!». En el cervell de l'Anna es va encendre una connexió amb el passat, com si una mà invisible hagués premut l'interruptor de la memòria. La psicòloga va saltar de la cadira –literalment– i es va estirar protegint-se, cos a terra, com si en aquella aula s'hagués desencadenat un tiroteig sobtat. La resta d'alumnes es van quedar a quadres. L'Anna, de bocaterrosa, va mirar al seu voltant. Sorpresa de si mateixa, es va incorporar, escrutada per les mirades dels seus companys, es va espolsar els pantalons mentre deia «*sorry, sorry*», es va tornar a asseure a la cadira i va col·locar bé els llibres de text. Va dir un tercer «*sorry*». El professor, hàbil en intel·ligència emocional, va continuar com si res no hagués passat.

Si a l'Anna Lloret li preguntes què pensa de les armes, la seva resposta és radical. No fa falta especificar quina és la seva visió, és clar.

* * *

En aquella època, la Policia Nacional la va visitar a Mollerussa.

–Lo tuyo es como lo de Demis Roussos –li va dir un dels dos policies mentre s'asseia a la mateixa cadira on anys després jo també m'asseuria per entrevistar-la.

Allò que li deia del Demis Roussos no ho va acabar d'entendre del tot, ni tampoc per què ho treia a col·lació, i per això ho va deixar passar sense fer-ne més cas. L'Anna ja estava prou distreta sabent que dos policies havien viatjat des de Madrid per interrogar-la sobre el segrest. No recorda amb precisió quants mesos havien passat, però sí que m'explica que recorda el nom d'un dels dos: «Es deia Max o Máximo.» I també recorda la conversa que van mantenir a la seva consulta –un parell d'hores– i el que li van preguntar sobre l'Airbus i, sobretot, sobre els cinc segrestadors. La Lloret afirma que eren agents especialitzats en terrorisme i que estaven molt interessats a saber quina era la logística d'en Burger, en Red Cap i companyia. Tots dos li demanaven bàsicament detalls i descripcions precises: quins torns feien els pirates aeris, quin era el caràcter de cada un d'ells, com es comportaven amb els passatgers, com es col·locaven, quins gestos feien, quan i on dormien –si és que ho feien–, com utilitzaven les armes com a amenaça, entre altres coses semblants. Al cap de molta estona xerrant i que el que es deia Max o Máximo hagués anotat les indicacions que els anava fent l'Anna, se'n van anar. Després d'aquell episodi, les forces de seguretat espanyoles, catalanes o de la Cotxintxina no han tornat a posar-se mai més en contacte amb una dona que va viure i veure el terrorisme islàmic i les seves estratègies a menys de dos pams de la cara. Les forces de seguretat potser no han sabut veure en la Lloret una bona font d'informació, o potser són més «forces» que no pas «seguretat».

Judicis de valor a banda, el 25 de gener de 2015 l'Anna va saber per què aquell policia va comparar el seu segrest amb alguna cosa que li havia passat al cantant grec Demis Roussos. Just aquell dia, els noticiaris de mig món informaven de la mort del cantant, i centenars d'articles de premsa recordaven la seva carrera artística i discogràfica. La Lloret, per casualitat, va topar amb un article d'un web que explicava que el nom real de Roussos era Artemis Ventouris. Era d'origen grec, tot i que havia nascut a Egipte, i el 1985 va viure un dels episodis més amargs i surrealistes de la seva vida. El 14 de juny d'aquell any, el vol 847 de l'aerolínia nord-americana TWA, en el qual viatjava, va ser segrestat per un grup terrorista islàmic. L'avió feia la ruta des del Caire fins a San Diego, i després d'una primera escala a Atenes, on van embarcar el cantant i dos acompanyants, va fer una segona escala a Roma. A Itàlia van pujar a bord d'aquell Boeing 727 dos libanesos de poc més de vint anys: Mohammed Ali Hamadi i Hasan Izz-Al-Din, armats amb una pistola i granades de mà, i en pocs minuts van aconseguir el control de la nau. Eren sobre les deu del matí. El passatge estava format per cent trenta-nou passatgers –almenys cent eren nord-americans– i vuit persones de tripulació. Els joves de seguida es van identificar com a membres de Hezbollah i van ordenar desviar l'avió cap a Beirut. Per alliberar tots els ostatges es va exigir que el govern d'Israel deixés anar 766 xiïtes libanesos presos en aquell país. Durant els dies següents es van viure moments de gran tensió, i, igual com va passar a l'avió on anava l'Anna, el Boeing d'en Roussos va fer diversos aterratges d'un lloc a un altre: de Roma a Beirut, de Beirut a Alger, d'Alger a Beirut per segon cop, de Beirut cap a Alger de nou i finalment va acabar a la capital libanesa per tercera vegada. Quan els terroristes es van adonar que a bord, entre els passatgers, hi havia Demis Roussos –al qual consideraven tota una personalitat mundial–, van tractar-lo molt millor que a la resta. Això va provocar episodis estrambòtics, com quan el segon dia de captura –el 15 de juny– van felicitar-lo efusivament i li van oferir un pastís d'aniversari, perquè el cantant feia trenta-nou anys. Els dos gihadistes, fins i tot, li van demanar que cantés algun dels seus èxits *a capella*. Tenir Roussos entre el passatge era una carta molt poderosa per pressionar en les negociacions exteriors. Durant els tres primers dies de segrest, van deixar anar alguns dels presoners. Tot i l'admiració que sentien per l'intèrpret, sabien que retenir-lo era una de les millors maneres que tenien per treure profit de l'acció terrorista. Al contrari que en el segrest de l'Anna, el govern grec va ser eficient en les negociacions i va saber fer el joc als segrestadors minimitzant els efectes col·laterals. Es va proposar l'alliberació de Roussos; de la seva parella, Pamela Smith –de nacionalitat nord-americana–, i d'un acompanyant del matrimoni a canvi d'Ali Atwa, terrorista libanès que Grècia havia detingut feia hores. El canvi va ser acceptat i el 18 de juliol, després de quatre dies de segrest, el cantant i els seus dos acompanyants van poder baixar d'aquell avió. Al cap d'unes hores, en Roussos va oferir una roda de premsa multitudinària.

Ara bé, el segrest de la TWA no es va resoldre fins a l'1 de juliol, després de dues setmanes angoixants i amb unes negociacions tenses fins a l'extenuació en les quals es van veure involucrats diversos governs a causa de les múltiples nacionalitats dels passatgers. Tot i els moments extrems, durant aquells quinze dies en què fins i tot es va arribar a pensar que farien volar l'avió pels aires sols va haver-hi un mort entre els segrestats: Robert Stethem, un *marine* nord-americà que tornava a casa seva després d'haver participat en una missió a Grècia. Stethem va ser assassinat a sang freda. Els terroristes van llançar el cos per una de les portes de l'avió, i el cadàver va quedar immòbil a l'asfalt de la pista durant unes hores. Després, un dels dos gihadistes va comunicar a la torre de control de l'aeroport de Beirut que la Creu Roja el podia recollir sense que hi hagués un ball de trets. En aquella mateixa conversa va exigir dos-cents entrepans, cent cinquanta pomes i vuitanta-vuit lliures de plàtans.

Aquest va ser el primer segrest d'un avió dels Estats Units a l'Orient Mitjà des que Ronald Reagan havia assumit la presidència el gener del 1981. Les investigacions van evidenciar que els dos segrestadors anaven acompanyats d'un tercer còmplice. La nit abans del segrest van dormir al mateix aeroport de Roma a l'espera d'abordar l'avió de la TWA. Al final, només Ali Hamadi i Izz-Al-Din van aconseguir seient per al Boeing. El tercer implicat, després de discutir amb funcionaris de l'aerolínia, es va quedar a terra. Va ser detingut a Atenes i identificat com un home de vint-i-un anys que responia al nom d'Ali Atwa, el mateix libanès que després seria alliberat a canvi de Roussos i companyia. Atwa va confessar a la policia que els seus companys havien aconseguit introduir dues granades i una pistola de nou mil·límetres dins de l'avió perquè havien embolicat l'armament amb un aïllant de fibra de vidre que les màquines de raigs X no detectaven.

Just en el moment que el segrest es resolia a Beirut, el terrorisme islàmic cometia un nou atemptat contra les seus madrilenyes de dues aerolínies comercials. Les oficines de la British Airways i de la jordana Alia –ubicades a la Gran Via i a la plaça d'Espanya, respectivament– van ser víctimes d'un doble atemptat que va causar un mort i vint-i-vuit ferits. La coincidència que la seu espanyola de la TWA es trobés al pis de sobre d'on hi havia les oficines de la British va fer pensar en un primer moment que l'atemptat estava relacionat amb el segrest del Boeing de Demis Roussos.

Les exigències dels terroristes van acabar amb l'alliberament de la presó d'Atlit (Israel) de 300 dels 766 islamistes, la majoria xiïtes, que es reclamaven inicialment. El ministre israelià de Defensa, Yitzhak Rabin, va declarar que aquesta decisió es va prendre en Consell de Ministres. Les autoritats del país, però, van insistir que els xiïtes s'haurien alliberat igualment i que no hi havia cap relació entre la posada en llibertat d'aquells trescents homes i el segrest de l'avió de la TWA.

Per la seva banda, Reagan va voler prendre represàlies. Els Estats Units van decidir tancar l'aeroport de Beirut a través de mesures diplomàtiques, amenaçant amb negar el permís d'aterratge als Estats Units de qualsevol línia que continués volant al Líban, i momentàniament van cancel·lar els drets d'aterratge de la companyia libanesa Middle East Airlines i el servei de transport de càrrega de l'aeroport de Beirut.

* * *

Hi ha algunes coses, m'atreviria a dir que poques, que treuen de polleguera l'Anna Lloret. Una és la discriminació sexista –en qualsevol grau, alt o baix–, i l'altra són les xafarderies. A l'Anna, tot i tenir un aspecte i una mentalitat molt urbanita, li encanta viure a la seva petita ciutat. De fet, ella mateixa reconeix que no canviaria la tranquil·litat de Mollerussa pel bullici i les opcions d'una gran metròpoli com Barcelona o Madrid. Ho té ben clar, això: viure a la capital del Pla d'Urgell li dóna temps per fer les seves coses, temps per a la pintura, temps per pensar; en definitiva, temps per a ella. Però la contrapartida de gaudir d'aquesta calma és una cosa que no suporta, i que va començar a experimentar poc temps després del segrest, quan per Mollerussa va córrer un rumor sobre ella. Es deia –d'aquella manera que es diuen les coses a la babalà– que havia cobrat cinquanta milions de les antigues pessetes en forma d'indemnització pels perjudicis que li haurien provocat els fets de Kandahar.

Sobre aquest rumor, un dia va viure un episodi extravagant. Va assistir a un sopar amb un grup de gent de Mollerussa. Eren gent de la seva edat, però no els coneixia –o els coneixia de vista– perquè no eren de la seva colla més íntima d'amistats. L'Anna recorda que la taula era llarga i rectangular, i que hi havia ben bé unes trenta persones. Ella va seure tocant a una punta, al costat d'una amiga que coneixia millor. A mig sopar, un noi que era davant seu va començar a parlar del segrest molt convençut, com si tingués tota la informació de primera mà, cosa que –evidentment– era falsa. El xicot, molt envalentit, va afirmar que l'Anna havia cobrat «cinquanta quilos» i que ara estava «ben folrada». L'Anna s'ho mirava en silenci, gairebé perplexa, i com que va considerar que en aquella situació la bona educació anava per davant, no va gosar dir res. En canvi, la seva amiga –la que s'asseia a la seva vora– va interpel·lar el noi dient-li: «Estàs segur del que dius? Em sembla que t'equivoques!» El noi, però, va insistir: «Han cobrat cinquanta milions de pessetes! Per aquesta pasta també em deixaria segrestar!» L'amiga de l'Anna va voler tallar aquella trifulga de soca-rel: «Jo crec que t'equivoques. Però per què no l'hi preguntes a l'Anna, això? És ella, la tinc asseguda al meu costat.» La taula es va quedar en silenci. El mateix silenci en què es quedava l'avió quan en Burger l'exigia.

19

EL FORAT DE LA BOMBA

(UN ANY DESPRÉS DE KANDAHAR)

Des de llavors, l'Anna Lloret no havia pujat a bord d'un avió. No per por ni per no haver superat cap trauma, sinó perquè des que havia tornat de Kandahar havia estat molt enfeinada –especialment a l'estiu–, ja que acabava d'obrir la consulta psicològica que anys després jo mateix visitaria. En aquell moment, cal afegir que les mesures de seguretat que s'implantarien després de l'11-S encara no eren vigents, tot i que faltaven pocs mesos perquè passéssim a entendre l'aviació comercial tal com avui l'entenem.

Aquell desembre del 2000 va decidir fer un nou viatge més o menys llarg, malgrat que els pares (i la resta del seu entorn) li havien dit que potser seria millor que fes una excursió amb cotxe o una escapada de menys envergadura. Els seus tenien la por que ella ja no tenia. L'Anna, evidentment, no va fer cap cas dels comentaris que li assenyalaven que potser anar sola a Egipte de vacances –després del que havia viscut dotze mesos enrere– no era la millor idea. Ella sempre els responia el mateix:

–El lloc més segur per resguardar-se en un bombardeig és just el forat que ha fet la bomba anterior –deia per tranquil·litzar el personal.

No anava pas faltada de raó, la Lloret. És molt complicat que a algú li passi la mateixa desgràcia –si és prou rocambolesca– en un període curt de temps. Per tant, és extremament difícil que una bomba caigui al mateix punt exacte que la bomba que acaba d'esclatar fa tres segons i que ha deixat un sot on amagar-s'hi. En el cas que ens ocupa, que l'Anna tornés a pujar en un avió convertit en objectiu terrorista era prou difícil, sempre amb la teoria matemàtica de les possibilitats de pretext. Si més no, l'estadística ho intenta avalar sovint en els seus estudis. Ara bé, la seva biografia tira per terra –almenys una mica– la seva pròpia teoria. I ho fa per dues raons. La realitat sempre, sempre, sempre supera la ficció.

Havia passat les tres darreres setmanes de desembre a Egipte, sense ensurts. El dia 24 tenia programada la tornada cap a casa, i cap al migdia va embarcar en un avió d'Iberia que cobria la ruta el Caire-Barcelona. Tenia assignat el seient 13-A, però al pujar a bord li van indicar, sense cap explicació aparent, que s'havia de desplaçar al seient 20-B. Va pensar: «Caram, quina casualitat», però no va hi va donar cap importància. Després, els van anunciar que anaven amb retard i que trigarien a enlairar-se. A la seva vora, hi havia assegut un nen d'uns deu o onze anys. Es va quedar ben parada quan va adonar-se que s'estava bevent amb candidesa un Seven Up.

Una estona després, les hostesses van executar el ritual sobre les mesures de seguretat i tothom es va cordar el cinturó. L'avió va col·locar-se, rodant per la pista, en posició d'agafar embranzida, i en aquell precís instant els motors es van apagar de cop, cosa que va crear certa confusió al passatge. Es va sentir una corredissa a la cua de la nau i algun esgarip. Tot indicava clarament, va pensar l'Anna, que es tractava d'un altre assalt terrorista. En aquell moment, la veu d'en Burger li va envair els pensaments i, malgrat que creia que el tenia oblidat del tot, va recordar l'estrès que havia patit a Kandahar.

Però aquell ensurt va durar pocs segons. Simplement, un passatger s'havia marejat i l'intentaven recuperar per emprendre el vol. Res greu, va anunciar el pilot. O, si més no, aquesta era l'excusa que els van oferir. Tot seguit, els motors de la nau es van tornar a encendre i el viatge es va produir amb total normalitat. Asseguda al 20-B –com a l'Airbus– d'aquell avió d'Iberia que deixava enrere el Caire, a vint mil peus d'altura, la psicòloga va somriure alleujada una bona estona, i fins i tot se li va escapar alguna riallada nerviosa en veu alta.

Quan va arribar a l'aeroport del Prat, va pensar en el forat de la bomba i es va mirar les mans: feia un any que no duia anells. Quan va ser fora de la terminal, va cridar un taxi i va tornar a somriure.

20

ICONA

(DIMARTS, 11 DE SETEMBRE DE 2001)

De classes de preguntes n'hi ha moltes. N'hi ha que tenen una resposta directa i clara, n'hi ha que no tenen resposta i, fins i tot, n'hi ha que tenen múltiples respostes. Ara bé, conec una pregunta que tothom –o la majoria de gent– sap respondre d'una manera directa i clara, i que per tant és un clar exemple de la primera classe. Aquesta pregunta és: «Recordes què feies l'11 de setembre de 2001?» Sempre que formulo aquesta pregunta trobo una resposta concreta en l'interlocutor, perquè em respon amb pèls i senyals què feia en el moment que es va assabentar dels atemptats a les Torres Bessones. Una altra de les curiositats que apareixen quan formulo aquesta pregunta té a veure amb la data marcada al calendari. Abans de l'any 2001, tothom referenciava l'11 de setembre amb dues efemèrides: la Diada Nacional de Catalunya i el cop d'Estat de Xile del 73 (tot i que aquest últim esdeveniment no me'l respon tothom). Després de l'atac contra el World Trade Center, l'onzè dia de setembre va prendre, indefectiblement, una nova dimensió en el calendari.

Aquell matí de dimarts, l'Anna Lloret va sortir de casa a mig matí, en acabat d'esmorzar, i tranquil·lament se'n va anar a treballar una estona al seu despatx. L'endemà havia d'impartir unes xerrades i va creure oportú fer un últim cop d'ull al discurs que havia preparat per a l'ocasió. Va encendre la ràdio mentre repassava el text de l'ordinador, perquè li feia companyia, i va afegir i treure paràgrafs, considerant que així la xerrada fluiria millor davant l'auditori que l'escoltaria.

L'Anna recorda que cap a quarts de tres, més o menys, ja tenia el discurs enllestit, i va ser llavors quan, parant atenció a la ràdio, va sentir com un corresponsal, un tal Magín Revillo, deia que «les dues Torres Bessones a Manhattan estan cremant en aquests moments... fins i tot s'especula que una avioneta s'hauria pogut estavellar contra la segona torre, cosa que evidenciaria que estaríem davant d'un atac terrorista contra Nova York». Pocs minuts després, l'emissora explicava que no eren pas avionetes, sinó naus comercials carregades de passatgers. Llavors la Lloret va sentir una empatia brutal, un sentiment de dolor al pensar en tots aquells que viatjaven a bord. Va tancar l'ordinador i se'n va anar corrents cap a casa. Alguna cosa d'aquella tragèdia li va fer sentir un impuls, un magnetisme, un sentiment indefinit.

A l'arribar, va tirar la jaqueta texana sobre el sofà i va posar la televisió. Totes les cadenes estaven informant en directe. Llavors es va esfondrar la torre sud, i vint-i-cinc minuts després, la torre nord. Embadalida, l'Anna seguia els especials informatius i tot el que s'anava produint: evacuació de la Casa Blanca; un altre avió s'estavella contra el Pentàgon; Nova York segella tots els accessos a l'exterior; cancel·lació de tots els vols nacionals, internacionals i transatlàntics; es desvien els avions a Mèxic i el Canadà o a l'aeroport d'origen; un quart aparell s'estavella a Camp David; American Airlines anuncia que ha perdut dos vols, un Boeing 767 i un 757; un United Airlines s'estavella a Pittsburgh; es declara l'estat d'emergència; l'espai aeri nordamericà romandrà tancat fins dimecres al vespre; Bush compareix en diferit des de la base aèria de Barksdale anunciant que els responsables seran castigats. Ben entrada la tarda, després d'hores d'emissió ininterrompuda amb analistes, corresponsals i moltes connexions, les teles van anunciar que «darrere dels atemptats hi ha un multimilionari afganès de quaranta-quatre anys que fa molt de temps que mobilitza musulmans suïcides i que temps ençà va rebre el suport de la CIA per lluitar contra la Unió Soviètica. El seu nom és Ossama Bin Laden i aquesta és la seva fotografia.» I és aquí, en aquest instant, en aquesta pàgina d'aquesta novel·la, on tot pren un nou sentit. És aquí on l'Anna recorda un esglai encara molt més superior al que li va provocar que en Burger l'encanonés amb la pistola una o mil vegades. És just en aquest moment que la cara de Bin Laden plasmada a la pantalla de la seva tele –amb la barba llarga, el turbant blanquinós i els ulls transparents–, una imatge que s'acabaria convertint en una icona pop del segle XXI, la deixa aturada, tan aturada que sols pot dir:

–Jo conec aquest home.

Llavors respira per asserenar-se, i en la solitud del seu menjador pensa en veu alta i clara:

–És l'Enginyer de la Guerra. És qui va pressionar els terroristes perquè ens alliberessin... és qui ens va salvar la vida.

TERCERA PART

ASSAIG SOBRE UN SÍMBOL

21

ÚLTIMS DETALLS

Poques persones van donar un suport real, un suport autèntic als Lloret-Rovira els dies que va durar el segrest. Dic poques, però gairebé es podria reduir a una. El tercer dia del captiveri, el mollerussenc Àngel Pujol, copropietari de Prefabricats Pujol, una de les empreses més fortes de Catalunya i amb una forta implantació al territori espanyol, va oferir finançar de la seva butxaca un viatge a la família per anar a l'Afganistan, per estar més a prop de la filla en aquelles jornades d'incertesa i patiment. Tot i que els pares de l'Anna van rebutjar l'oferta, el gest de l'empresari sempre ha quedat molt present en aquella casa, i sempre han procurat explicar-l'hi així a ella. Des que va tornar de Kandahar, la Lloret s'havia plantejat anar a parlar amb l'Àngel Pujol per agrair-li aquell suport, però no ho acabava fent mai. No era pas procrastinació, perquè la psicòloga no peca gaire d'això, sinó que, tal com diu ella, «m'anava passant el temps, ho tenia pendent però sempre em sorgia alguna cosa que m'impedia anar a veure l'Àngel. Ni més ni menys».

Potser el fet que jo la sacsegés per escriure la seva història va fer que el 13 de gener de 2015 l'Anna anés a visitar l'empresari. En aquell moment Àngel Pujol, de seixanta-vuit anys, ja estava jubilat, però es dedicava en cos i ànima, tal com explicaven molts mitjans de comunicació, «a la cooperació i a promoure a través de la fundació que presidia nombroses accions solidàries i d'ajuda al missioner basc Ángel Olaran –un altre Àngel–, que desenvolupa la seva tasca a la zona de Wukro, a Etiòpia, on té al seu càrrec més de 2.400 orfes que depenen totalment de l'ajuda que rep».

La vocació de Pujol com a cooperant va sorgir el 2005 durant una visita a l'hospital de Mekele, a la regió etíop de Tigre, on l'oftalmòleg lleidatà Rafael Ferreruela feia voluntàriament i de manera gratuïta operacions oculars a la població. Pujol va quedar impactat i va aprofitar per visitar la ciutat de Wukro, on va tenir el primer contacte amb el missioner Olaran, amb qui des d'aquell moment ja no va deixar de col·laborar en iniciatives solidàries de tota mena. És a dir, un home que hauria pogut tenir una jubilació d'or –literalment– treballava amb intensitat cada dia de la setmana per aquella zona africana.

L'Anna i l'Àngel es van citar a la seu de l'ONG, ubicada a Mollerussa. Van estar xerrant una bona estona sobre la cooperació al «mal anomenat Tercer Món» i sobre el mateix segrest, moment en què la psicòloga va tenir l'ocasió de donar-li les gràcies després de quinze anys dels fets. A l'acomiadar-se, l'Anna li va demanar que es fessin unes fotos amb el mòbil, per immortalitzar el moment. La Lloret em va fer arribar les instantànies per correu electrònic poques hores després; s'hi veien tots dos personatges molt contents, somrient i abraçats.

Dos dies després d'aquella trobada, el dijous 15 de gener, dues persones que passaven pel carrer Enric Granados de Lleida van fer una trucada al número d'emergències 112 alertant que un home estava immòbil al seu cotxe i que no reaccionava. Minuts després, els efectius sanitaris i els Mossos d'Esquadra certificaven la defunció de l'empresari mollerussenc. Àngel Pujol havia mort. El matí següent, el diari *El Mundo* publicava: «Todo indica que Pujol ha fallecido porque su corazón se quebró, al cabo de una intensa jornada en Lérida, donde había organizado una exposición benéfica y mantuvo reuniones todo el día. Después de medianoche, alguien avisó a los Mossos d'Esquadra de que en el interior de un vehículo había un hombre que parecía muerto. La ayuda llegó demasiado tarde. Tal vez el propio Ángel quiso buscarla, porque su coche estaba aparcado muy cerca de un centro médico.»

Els que coneixien l'empresari deien que era un home amb una determinació i un convenciment gairebé juvenils, i que sempre repetia el mateix: «Hem de canviar-ho tot perquè és injust i perquè no funciona. No podem tancar els ulls mentre milions de persones estan a la misèria i cada dia moren tants nens de gana. S'ha de fer alguna cosa, el que sigui, per posar-hi fre.» En definitiva, un home que feia honor al seu nom.

Quan l'Anna es va assabentar de la seva mort, em va confessar compungida que potser l'hauria hagut de visitar més vegades, o fer-ho abans. De totes formes, l'atzar o allò racional per anomenar el que vas creuant-te en el camí tornava a sorprendre la Lloret. Semblava que l'empresari hagués esperat pacientment a rebre aquella noia que feia quinze anys que li volia agrair, de tot cor, el seu petit gest solidari, però un gran gest per a la seva família i per a ella mateixa.

* * *

Quan estava a punt d'acabar el llibre, vaig voler acabar de parlar amb diversos testimonis per donar per tancada tota la investigació. En aquell últim tràmit, l'Anna em va voler acompanyar alguns cops. El diumenge 25 de gener de 2015 la Lloret i jo vam agafar un AVE fins a l'estació madrilenya d'Atocha. A la una del migdia, en un luxós àtic de la Castellana, ens esperava Alberto Escudero, l'ambaixador espanyol a l'Índia aquell Cap d'Any de 1999. Feia pocs mesos que l'exdiplomàtic havia patit un emfisema pulmonar i feia tot just una setmana que s'havia dislocat un canell per una caiguda, cosa que va complicar –les setmanes anteriors– poder concertar una visita amb ell. Tot i això, trepitjàvem Madrid, sortosament, dues hores abans del que havíem acordat, embolcallats pel fred d'hivern habitual a la capital espanyola. Vam agafar un taxi fins a Nuevos Ministerios i vam buscar la ubicació de l'adreça concreta a l'*smartphone.* Com que encara ens sobrava molt de temps, vam aprofitar per fer un cafè –la Lloret un te– a prop de la zona i per repassar alguns aspectes de la trobada, que inclouria una entrevista amb ell.

–Anna –li vaig dir quan va tornar dels serveis–. Estàs nerviosa?

–Home... –va dubtar–. No és «nerviosa», la paraula. Bé, o potser una mica –va aclarir mentre se servia la infusió a la tassa–. Fa quinze anys de tot allò i no sé si em trobaré aquell home tan modern i tan intel·lectual que recordo.

–Segur que sí –vaig dir-li intentant ser el més convincent possible–. A més, això és necessari per acabar el llibre: ens retrobem amb un dels personatges de la història molt anys després, i segur, segur que tant tu com jo ens assabentarem de coses que desconeixíem.

–Tant de bo... –va afegir breument l'Anna. Feia cara de dubte.

A la una en punt accedíem a la casa de l'exambaixador per la porta de servei. Ens rebia en Diego, vestit de blanc, amb guants blancs. També ens rebia la Curra, una Jack Russell Terrier de tretze anys que no parava de bordar a causa de la nostra presència.

–*Es la hija de Casey* –ens va informar en Diego amb un posat de cambrer dels anys vint.

L'Anna, dirigint-se a mi, em va aclarir que la Curra era, per tant, la filla de la gosseta que l'Escudero tenia quan era l'ambaixador a l'Índia. Quines casualitats, li vaig respondre jo.

Vam accedir a una sala rectangular on hi havia una llar de foc, sofàs entapissats amb un estampat de ratlles i les parets farcides de llibres amb el llom vermell on s'hi llegia *Historia de Zaragoza.* Hi havia una petita tauleta, una *mesa camilla*, com n'anomenen a Madrid. Vaig veure que l'Escudero llegia un dels últims llibres de Muñoz Molina, *Todo lo que era sólido*, i també em va cridar l'atenció una foto de Don Juan, l'avi de Felip VI, un home que no va arribar a regnar mai. Sobre la tauleta descansava un *ABC* del dia amb el suplement dominical encara plastificat.

Un bon amic, en Santi Carles, m'havia deixat una Nikon molt moderna –però molt semblant a la que jo havia utilitzat temps enrere quan feia de corresponsal– que em permetia gravar la conversa en so i imatge. Vaig desplegar el trípode i vaig plantar la màquina enfocant la cadira on s'asseuria l'Escudero. Un minut més tard, un home recargolat en si mateix, castigat pels anys, vestit amb un jersei de fil grana, uns pantalons beix i uns mocassins negres entrava a l'habitació acompanyat d'un altre home més jove, molt elegant i amb una clenxa envejable.

–Soy Alberto Escudero –em va dir el més vell estrenyent-me la mà–. Él es Emilio Vilanova, mi segundo en la India.

Just llavors vaig prémer el REC.

La gravació dura prop de quatre hores. En l'enquadrament, a contrallum, sols es veuen l'Anna i l'Escudero, asseguts un al costat de l'altre, i com s'acaben de saludar, amb menys efusivitat de la que esperava. En Vilanova i jo estem fora de quadre. Únicament se'ns sent parlar de tant en tant, perquè qui porta la batuta és l'exambaixador, que va responent a totes les preguntes que li vaig fent.

Alberto Escudero va nàixer a Saragossa l'any 1941. Sempre havia volgut ser diplomàtic; des de ben jovenet que ho tenia al cap. En l'enregistrament, el veig amb les cames creuades, ben assegut en una butaca a la part esquerra de la pantalla. S'encén una cigarreta –fuma L&M des dels catorze anys– i m'explica que va estudiar Dret i Econòmiques: «Una cosa que se llamaba antes "la comercial", que era básicamente Económicas pero, como en aquella época Deusto no podía conceder licenciaturas, estudiábamos Derecho también y nos examinábamos en Valladolid para tener un título oficial. Luego me doctoré en Francia. Siempre de la mano de los jesuitas». Llavors, la gosseta borda insistentment des d'algun punt de l'habitació tallant el discurs del seu amo.

–¡Cállate, Curra! –ordena l'exdiplomàtic–. Les estaba explicando mi biografía, ¿verdad? –es recorda a si mateix–. Es que entre lo pesada que está la perra y yo que estoy un poco «fachoso» se me van las cosas de la cabeza.

–¿«Fachoso»? –se'm sent a mi, sorprès–. ¿A qué se refiere?

–Es una cosa que decía mi tía Juana –aclareix mentre apaga la primera cigarreta i s'encén la segona–. Ella conocía muy bien a Franco, porque el generalísimo había estado en Zaragoza de director de la academia militar.

En aquell moment, m'adono d'on prové i quin és l'estatus real de l'entrevistat, perquè se'm sent dir un gens ocurrent *caramba*.

–Cuando la guerra, Franco vino a Zaragoza una vez –segueix després d'una pipada llarga–. Él visitó a mi tía Juana, que estaba pachucha, y le preguntó cómo se encontraba. Ella le dijo: «Francisco, estoy un poco facha.» Es que mi tía cuando estaba fastidiada decía que «estaba facha».

Estic tan sorprès amb l'anècdota que sols se m'acut respondre fent-me el graciós:

–Quizás cuando se encontraba bien decía que estaba republicana.

Després de la meva aportació, tres segons de silenci.

–Mi tía Juana no soportaba a Carmen Franco –afegeix Escudero per trencar la tensió de l'instant–. Ella pensaba que esa mujer ¡era una cursi!

El jove Escudero va ingressar al cos diplomàtic el 1966. Dos anys més tard, el van enviar a Teheran, i a partir d'allí va començar un periple que s'acabaria el 2011 amb la seva jubilació: «De Teheran me fui a Bruselas, a lo que se llamaba misión ante las comunidades europeas. De ahí me fui de cultural, ya de consejero, a El Cairo. Luego volví a Madrid, estuve dos años. Más tarde a Londres, dos años más. Después regresé a España y trabajé en la Casa Real diez años hasta que me salió la oportunidad de irme a Oslo de embajador. Entonces me propusieron irme a la embajada de Nueva Delhi, donde conocí a Anna. En 2006, me pasé los últimos cinco años en Estrasburgo hasta que hice los setenta y me jubilé».

Hem fet més de mitja hora d'entrevista i encara no hem entrat en matèria. Llavors, l'exambaixador crida en Diego i li demana un xerès i que comenci a servir-nos uns canapès. En aquell moment, la càmera enregistra com Escudero fa una curiosa definició de l'Índia: «Es un país donde es normal morirse devorado por un tigre y donde es normal que los monos se coman los cables del sistema informático de la embajada. Es un país de exageraciones, pero allí no lo parecen, porque allí esto es de lo más normal.»

Una tercera veu intervé:

—Esto de los monos nos pasó de verdad en la embajada, ¿se acuerda?

És la veu d'Emilio Vilanova, l'home de l'ambaixada que van avisar primer quan es va produir el segrest. És descendent d'Emili Vilanova, escriptor costumista del XIX nascut a Barcelona. La ciutat va dedicar-li una petita plaça a tocar de la Via Laietana. L'emplaçament, de facto, és gairebé minúscul. Tot i això, hi ha espai per a una taverna irlandesa i un hotel. La plaça, a més a més, topa amb la muralla romana i les torres de defensa corresponents a la segona muralla de Barcino, datada al segle IV. Per no perdre més temps, li llanço una pregunta directa mentre Escudero s'encén una tercera cigarreta i escura la copa de xerès:

—¿Qué hacía usted, Emilio, cuando le comunicaron el secuestro?

—Me parece que tuve que irme pitando a la embajada —diu

ell tot recordant–. Estaba comprando regalos de Navidad esa tarde. Me acuerdo que el embajador no estaba, ¿no? –afegeix dirigint-se a Escudero.

L'exdiplomàtic relata, quan hem fet més de setanta minuts de gravació, que aquell 24 de desembre era a Sant Sebastià i que va haver de tornar a l'Índia en un tres i no res. Va arribar a Nova Delhi el 27 de desembre, i immediatament es va desplaçar al Ministeri d'Assumptes Exteriors indi.

–No recuerdo el número exacto de visitas que hice [al Ministerio], pero fui cada día, seguro –aclareix el diplomàtic, que doblega l'esquena cap endavant–. Los españoles éramos los que teníamos más nacionales a bordo. Eran cuatro –diu mirant l'Anna.

La psicòloga desencreua les cames i intervé:

–Estábamos nosotros, de Mollerussa, y luego un chico y una chica que se habían conocido en Ibiza.

–Ahora que usted lo dice, Anna –interromp l'Escudero–, me viene a la memoria que una vez me reuní con el embajador argentino porque el chico de Ibiza tenía la doble nacionalidad.

–¿De qué hablaba con el resto de embajadores y con las autoridades? –pregunto jo.

A aquestes altures ja són quatre les copes de xerès de l'Escudero i dues les de la resta d'interlocutors, excepte l'Anna, que beu aigua. L'home contesta fugint lleument d'estudi:

–No podíamos hacer mucha presión porque se trataba de un acto de terrorismo y de cambio de rehenes. El día 31 de diciembre nos avisaron por la mañana de que habían acabado las negociaciones y fui al aeropuerto [de Nueva Delhi] a buscarles –explica l'exdiplomàtic–. Antes de irme hacía allí recuerdo que hablé con la embajada británica.

–¿Por qué?– pregunto per intentar reconduir la seva resposta.

–En la India los médicos son buenísimos, pero fallan bastante en los niveles intermedios... como las enfermeras. En cambio, los ingleses tienen muy buen personal sanitario y las clínicas son de calidad. Reservé habitaciones porque no sabía en qué estado iban a venir los cuatro nacionales. Les hicieron un chequeo pero no los ingresaron, por fortuna.

Al marge dret de la pantalla es veu l'Anna atenta a les paraules de l'Escudero mentre va donant la seva aquiescència amb el cap. L'exambaixador fa referència de nou als eivissencs.

–Me acuerdo que él se encontraba muy mal, el chico, cuando llegó a la embajada, que temblaba mucho. Estaba sufriendo un trauma, el pobre –aclareix–. ¡Ah! –salta–. Y me acuerdo que usted se dejó una libreta en la embajada y luego se la envié por correo a España.

–Sí –respon l'Anna–. Tomé apuntes... hice un diario.

La gravació s'apropa al final. Se sent la meva veu dient que «ahora que llevamos un buen rato de charla, señor Escudero, le quiero preguntar por si usted sabe quién los liberó del avión... O sea, quién fue el responsable de que ahora Anna esté aquí hablando con nosotros».

L'Escudero, fent cas omís a la meva pregunta, ens ofereix quedar-nos a dinar. Crida en Diego i li diu que prepari un arròs.

–¿A qué hora tienen el tren de regreso? –demana el diplomàtic a l'Anna.

–A las siete –contesta la psicòloga.

De nou, la meva veu insisteix:

–Señor Escudero, lo que le decía... ¿quién cree que salvó la vida de Anna y la de los demás pasajeros?

L'ambaixador em mira i encreua les cames, i llavors agafa una nova cigarreta –és la setena– i l'encén estossegant. Apaga el llumí i el deposita al cendrer, i just quan ha fet la segona pipada diu:

–Si quiere que le conteste esta pregunta, tendrá que apagar la cámara.

Els darrers cinc segons d'enregistrament em mostren a mi

mateix, un primer pla de la meva cara i la mà accionant el botó de STOP. Fi de la gravació.

* * *

A banda d'aquella trobada amb l'Alberto Escudero a Madrid, vaig intentar localitzar Abel Matutes per fer-li una visita amb l'Anna tal com havíem fet amb l'ambaixador. Ho vaig provar per dues vies diferents. La primera va ser a través del departament de comunicació del seu conglomerat empresarial (Grupo Matutes), amb seu a Eivissa i Madrid. Va ser completament impossible. Sempre que hi trucava deixava les meves senyes d'identitat i em prometien que em donarien una resposta en breu. Mai em tornaven la trucada. Després vaig provar la via política. Com que Matutes havia estat lligat al Partit Popular, vaig posar-me en contacte amb el departament de premsa de la formació, tant parlant amb la seu del carrer Urgell de Barcelona com parlant amb la seu central del partit, al carrer Génova de Madrid. Però, malauradament, la via política també va ser totalment estèril. Intueixo que haver-me presentat amb l'etiqueta de «periodista» va tancar-me les portes amb Matutes, més que una altra cosa. Davant del meu fracàs per localitzar l'exministre, vaig deixar-ho córrer.

Però el dimarts 2 de març del 2015 l'Anna –per decisió pròpia– va trucar a la seu del PP de Lleida. Es va presentar dient que era la noia segrestada a Kandahar i que volia agrair a Matutes la feina feta des del Ministeri. Tal com havien fet amb mi, li van prendre nota i li van dir que li tornarien a trucar. Però la cosa amb l'Anna va ser diferent. Al cap de deu minuts mal comptats, la candidata popular a l'alcaldia de Lleida, Dolors López, li tornava la trucada a la Lloret i li comunicava que podia parlar amb en Matutes el dijous següent (4 de març) a partir de les nou del matí en un telèfon amb prefix d'Eivissa. A la seu del

PP lleidatà, van rebre amb tant d'entusiasme aquella trucada de la mollerussenca que, fins i tot, la gerent li va proposar a la psicòloga que anés a les llistes municipals de Mollerussa, encapçalades per un tal Joan Simeón. La Lloret va rebutjar l'oferta en mig segon. La gerent va afegir que a les comarques lleidatanes no trobaven dones que treballessin pel Partit Popular i que únicament els quedava un lloc on buscar-les, perquè –segons ella– les havien cercat pertot arreu: «Sols ens falta buscar dones per a les llistes electorals allà on hi ha llumetes», va bromejar, sorneguera, la interlocutora de l'Anna. Cada cop que penso en aquell comentari jocós de la gerent del PP, tinc dubtes de si es referia o no a un prostíbul.

Dos dies després, l'Anna Lloret va marcar el telèfon amb prefix d'Eivissa. La Maria, la secretaria de Matutes, va passar-li la trucada al despatx de l'exministre. La conversa va ser força curta. Matutes li va preguntar a l'Anna com ho havia passat a dins de l'avió i si el maltractament dels segrestadors l'havia afectat *a posteriori*. Van compartir impressions sobre l'anomenat Estat Islàmic i van recordar alguns episodis concrets d'aquelles festes de Nadal del 99. Abans d'acomiadar-se, l'exministre va convidar la mollerussenca a visitar-lo si algun dia passava per Eivissa. Primer li va prometre un cafè, i al cap de dos segons li va prometre un dinar.

* * *

En aquella època també em vaig citar amb l'exalcalde de Mollerussa, Toni Bosch, home de confiança de CiU a la capital del Pla d'Urgell entre 1999 i 2007 i qui va haver de gestionar des de l'ajuntament, i com va poder o va voler –o totes dues coses a la vegada–, el segrest dels dos veïns a Kandahar. Va ser fàcil: vaig aconseguir el seu mòbil més ràpid del que pensava. És just per això, perquè en vaig aconseguir el mòbil tan ràpid, que em vaig adonar que hi ha gent que mai deixa de vestir l'americana de polític, però de ben segur aquest comentari forma part d'un altre llibre i no pas del meu. El motiu de la meva trucada li va semblar estrany.

–No entenc que un tio com tu en pugui treure res, de mi, i menys per escriure un llibre –va asseverar per telèfon amb un to jocós–. Tu què estàs, de la banda dels segrestadors o de la banda dels d'aquí?

Encara avui estic analitzant –entre trist i perplex– la pregunta que em va fer d'entrada en Bosch. Sense respondre directament, vaig fugir d'estudi demanant-li si li anava bé quedar per entrevistar-nos el dissabte següent.

–Fem una cosa: truca'm el divendres abans i m'ho recordes –em va demanar–. I el mateix dissabte em truques a les dotze del migdia, perquè divendres a la nit tinc un sopar i tinc por d'estar massa ressacós i adormir-me. Entesos?

I va penjar.

El mandat d'en Toni Bosch no va ser gaire plàcid. És el que vaig extreure del noranta per cent de la conversa que vam mantenir tots dos al seu estudi d'arquitectura. I és que l'exalcalde de Mollerussa actualment és arquitecte, una activitat que li va portar problemes quan manava, cosa de la qual avui en dia encara sembla ressentit, tot i el to de convenciment que utilitza quan en parla. Després de vuit anys fent i desfent a l'alcaldia, va sortir disparat de l'ajuntament amb una inhabilitació de divuit mesos per exercir càrrecs públics i una multa de 2.400 euros per clientelisme. La denúncia provenia del grup socialista de Mollerussa, i la Teresa Ginestà, la tieta de l'Anna, n'era la cap. Ben mirat, dos mil euros no són tant per muntar un escàndol polític, o si més no això em va dir ell repetidament. La resta del poc temps que em va quedar vam tractar el segrest i com el va viure ell com a alcalde.

A quarts de dotze del dissabte convingut, vaig arribar al poble, i per fer temps vaig anar a fer un tallat a l'Hotel Jardí, al costat de l'estació de tren. A les dotze en punt, tal com m'havia dit ell mateix, vaig trucar a en Bosch, i amb una veu més clara del que em suposava em va demanar que m'esperés a la porta de l'hotel, perquè em recolliria per anar al seu estudi, ja que allí xerraríem més tranquils. Deu minuts més tard, un utilitari vermell –com de dia feiner– s'aturava davant meu i el conductor es presentava com en Toni. A primera vista és un home de tall clàssic: força corpulent, amb ulleres modernes, de cabell clar i clenxinat amb algun tipus de fixador. A dins del cotxe –al seient del copilot– i per trencar el gel vaig repetir una obvietat:

–Així que anem al teu estudi d'arquitectura?

L'empresa d'en Toni Bosch i els seus socis és en uns baixos del carrer Ferrer i Busquets– al mateix carrer on l'Anna Lloret té la seva consulta–. Els dissabtes fan festa.

–La meva aspiració sempre havia estat tenir uns baixos –em va comentar mentre obria la porta de l'entrada.

Asseguts al seu despatx, l'un davant de l'altre, vaig reconèixer en ell un home fred, d'aquells que de seguida treuen importància als assumptes. A les terres de Lleida, de la gent així en diuen que són «d'aquells que no s'estan per hòsties».

–Comencem, Toni? Poso la gravadora sobre la taula.

–Sí, grava el que vulguis. Tu diràs.

–Què recordes? Vull dir cronològicament parlant.

–Uf! Deixa'm fer memòria. A veure... Era el 25 de desembre al matí, el dia de Nadal, m'entens? Em penso que era a casa i em van trucar de l'ajuntament. Em van dir que havien segrestat un avió a l'Índia i que a dins hi anava la filla del Santi Lloret. A ell feia temps que el coneixia, però no sabia pas que tingués una filla. El coneixia perquè havíem jugat plegats a tennis. Crec recordar que em vaig vestir d'una revolada i vaig fer cap a cal Lloret.

Quan aquell jove alcalde, que llavors tenia trenta-quatre

anys i feia menys d'un mes que estava al capdavant d'un poble de vora quinze mil habitants, va arribar a casa dels pares de l'Anna, va trobar una família compungida.

–De què vau parlar aquell matí, Toni?

–No ho recordo gaire. Fa molt de temps i tinc tendència a esborrar les coses que són poc importants. No vull dir que sigui un insensible, però sóc dels que passo ràpid pàgina i endavant!

–Però alguna cosa sí que deus recordar, no? –vaig insistir.

–Aquella història sempre em va sobrepassar. Era massa jove per ser alcalde en una ciutat com Mollerussa. Ho deia llavors i ho dic ara. M'has fet pensar en una vegada que vaig haver de comunicar una altra mala notícia a un veí.

A en Toni Bosch li va costar centrar-se en el segrest. Potser es pensava que havíem de parlar del seu mandat i no pas de les gestions que va haver de fer aquell 1999, si és que en va fer, quan l'Anna i l'Ignasi estaven retinguts a l'Airbus. Abans de redreçar la conversa em va explicar que un home del poble s'havia enfadat molt perquè ell «en persona» va ser qui li va comunicar que la seva filla havia mort en un accident prop de Tremp.

–El tio estava emprenyadíssim perquè me n'havia assabentat jo abans que la família. Doncs perquè la policia de trànsit truca a la policia municipal, la municipal truca a l'alcalde i l'alcalde pensa que val més que hi vagi un en persona i no pas uns altres vestits d'uniforme per dir «escolta, que s'ha mort». Em semblava que jo ho podia explicar d'una manera més suau, més humana, que no pas un policia uniformat. Jo ho feia amb bona intenció.

–Tornant al segrest, Toni, en algun moment vas pensar que hauries de notificar la mort de l'Anna durant aquella setmana llarga?

–Feia vint dies que era alcalde –va dir fent memòria amb els ulls tancats–. Va ser la cosa més bèstia que em vaig trobar en vuit anys. Tota la resta era gros, però s'arreglava. Fins i tot perdre les eleccions també s'arreglava –va dir amb un somriure de murri–. Que tinguessis algú del poble en aquella situació, perquè hauria pogut petar en qualsevol moment, era una animalada!

–I no vas parlar amb la Generalitat o amb el govern?

–Vaig rebre alguna trucada de l'Abel Matutes i poca cosa més. Des de Mollerussa no es podia fer res. El que sí que recordo és que el poble va quedar inundat de periodistes, i que els atenia per treure pressió a la família. També em va trucar un amic del partit i em va dir: «Hala, tio, quina campanya que estàs fent!» Jo, tot orgullós, li dic que sí. Llavors ell em pregunta: «Qui és aquella que surt al teu costat?» I jo li dic que és la cap de l'oposició, la Teresa Ginestà. El meu amic continua: «Merda! Jo que em pensava que fèiem campanya... però si la fem en paral·lel no hi guanyem res, estem empatats!»

Aquell Nadal de l'any 1999, Mollerussa era un imant per a la premsa. En Bosch recordava que des de l'ajuntament es va intentar portar a terme, juntament amb l'oposició, una acció anomenada *Afecte 2000.* Aprofitant el rebombori que feia mesos que hi havia arreu del planeta amb l'anomenat *efecte 2000*, el consistori va voler crear una campanya per donar a conèixer el poble i –al mateix temps– donar suport als dos veïns segrestats i a les seves famílies. I és que aquell *efecte 2000* feia temps que cuejava en l'opinió pública. Els sistemes informàtics només tenien en compte les dues darreres xifres de l'any, així que la nit del 31 a l'1 passaríem, segons les màquines, de l'any 99 al 00. Per tant, en lloc d'empènyer un any, després de les dotze campanades en retrocediríem noranta-nou. Presumptament, aquesta situació crearia un caos absolut. Entre els problemes de què es parlava hi havia el dels col·lapses financers, i fins i tot s'havia arribat a dir que les companyies telefòniques facturarien trucades que començarien l'any 99 i acabarien el 00. Això equivaldria a prop d'un segle de conferència telefònica. I un programa comprat l'any 1997, seguiria funcionant o el sistema es pensaria que al 00 no hi havia llicència per al seu ús? Com que s'havia avisat des de feia temps, els grans problemes podien venir no tan sols dels sistemes informàtics complexos i els programes, sinó de xips molt més simples, que en les dècades anteriors s'havien anat incorporant a milers d'aparells, molts de tipus domèstic. En altres camps, les possibles conseqüències podien ser encara més greus, com ara en el de la seguretat, els avions o els arsenals nuclears. Tot i això, aquell Cap d'Any no va passar res de res, o almenys no va passar per a la majoria de nosaltres. A Mollerussa, i en especial a l'aeroport de Kandahar sí que hi va haver un efecte, i amb més d'una conseqüència.

–Eren les rucades que ens inventàvem amb la gent que teníem, amb l'equipet de l'Ajuntament. En aquell moment hi havia la por d'allò dels ordinadors i si es pararia el món, i no sé qui va reconvertir la paraula «efecte» en «afecte» –va dir en Bosch–. Al poble hi havia molta gent, i a mi m'anava bé perquè sortíem a la premsa. Vam arribar a sortir a la CNN! Entenies que els periodistes volien més tall, però tu no en podies donar. La cosa anava girant molt a poc a poc. Les respostes eren molt curtes.

Allò de l'*Afecte 2000* va consistir en diverses rodes de premsa –a vegades tan optimistes que l'OID (l'Oficina d'Informació Diplomàtica) va haver de cridar l'atenció a l'alcaldia perquè es corria el risc de crear falses esperances– i concentracions de veïns a la plaça principal del poble reclamant l'alliberació del passatge. La pseudocampanya política va culminar la nit del 5 de gener. L'equip de govern de l'ajuntament de Mollerussa va obligar l'Anna i el seu exmarit a sortir al balcó del consistori municipal a saludar els seus veïns acompanyats de Ses Majestats els Reis d'Orient: Melcior, Gaspar i Baltasar.

22

CORRESPONSAL

(SÍRIA, SETEMBRE DE 2012)

Em sentia com un nen amb sabates noves. Tenia la sensació d'haver arribat a la condició de semidéu. Però era una simple percepció, un engany. Encara no havia demostrat res i ja em pensava que ho tenia al sac i ben lligat. El diari m'havia enviat a cobrir un conflicte armat amb trenta i pocs anys i pensava que aquella era la meva gran oportunitat professional, bufar i fer ampolles. Pobre il·lús. Avui en dia, quan hi penso, no em reconec. Sóc el mateix però diferent. Era un presumptuós i un ignorant: la vida encara no m'havia posat al lloc que em pertocava. Però poc trigaria.

Quan vaig arribar a Alep, la segona ciutat de Síria, semblava que la meva presència hagués aturat el conflicte com per art de màgia. Tot estava estranyament tranquil: cap atac, cap bombardeig, cap tiroteig. Zero. La ciutat traspuava pels seus porus un silenci poc propi del que m'havien explicat la resta de corresponsals estrangers que m'havia anat trobant. Al tercer dia, vaig haver d'informar el cap d'Internacional que en aquella ciutat no passava res de res, tot i les mostres evidents de guerra que havien quedat tatuades en la geografia urbana durant l'estiu. D'alguna manera havia de justificar la meva tasca a Alep. Per tranquil·litzar la gent del diari, em vaig dedicar a entrevistar civils sirians amb la intenció d'escriure un reportatge per al suplement del següent diumenge.

Si la cosa seguia igual de somorta, per nassos hauria de desplaçar-me a Damasc, on potser podria enviar cròniques i notícies amb més celeritat. Però, per sort o per desgràcia, al vuitè dia la cosa va canviar.

Aquell matí vaig parlar amb la redacció de Barcelona des de la recepció de l'hotel. Els vaig informar que havia explotat un cotxe bomba al barri de Saif al-Doula. M'havia d'afanyar: pel que m'havien dit els companys de l'NBC, tot apuntava que els danys humans eren importants. Després d'una setmana tan llarga i poc profitosa com la d'aquella vella cançó dels Beatles, ensumava que l'endemà tenia tota la primera pàgina del diari per a mi solet, amb la meva foto en color i la meva flamant signatura: quanta ingenuïtat reunida en un sol home.

Gràcies als contactes de la Mayte Carrasco, la periodista catalana que cobria el conflicte per *El País* i *La Nación*, vaig aconseguir un seient en un jeep de premsa i vaig arribar al lloc de l'atemptat sobre quarts d'onze. Vam aparcar lluny, en una cantonada. Els barris situats a la rereguarda són els que pateixen més l'ofensiva, i just al sortir del tot terreny ho vaig poder comprovar amb els meus propis ulls. Hospitals, escoles i zones residencials són –encara avui en dia– els blancs predilectes del règim sirià. Aquell barri era just així: una víctima del terror.

A uns quants metres, una munió de gent s'aplegava en un extrem del carrer. S'hi veia metralla escampada pertot arreu. Ara bé, encara estava intacte l'esquelet metàl·lic del que semblava un utilitari de gamma mitjana de color bordeus: un cotxe bomba. I també fum, molt de fum. Vaig treure la Nikon de la bossa i vaig avançar cautelós cap al punt de l'explosió. A mesura que m'apropava pel carrer vaig notar com plovia una espècie de cendra que voleiava empesa per la brisa. Era com si l'atmosfera s'hagués carregat d'una pesta de cremat o de carn de pollastre rostida que em va fer posar els pèls de punta, els peus a terra i el dit al disparador de la càmera. Amb els narius recarregats d'aquella olor vaig començar a fer instantànies de persones que se'm creuaven en contradirecció: algunes cridant, d'altres plorant, ensangonades o amb la pell fumada. Al meu costat, l'Alain, un fotoperiodista que treballa per a *Le Monde*, feia exactament el mateix. Llavors, per un instant, em va mirar de dalt a baix i amb un castellà afrancesat em va dir:

–Me voy más adelante... ¡Creo que han matado a mucha gente estos hijos de puta!

–Me vengo contigo, Alain –li vaig contestar–. Quiero hacer más fotos y hablar con alguien que me explique algo. Tengo que enviar la crónica a Barcelona.

–Yo de ti no me acercaría más –em va respondre, arrencant a córrer cap a l'incendi que s'intuïa–. ¡No llevas Kevlar!

Aquell francès tenia raó. No portava Kevlar, que és com els corresponsals de guerra anomenen les armilles antibales. Tampoc portava casc, ni acreditació visible de premsa, ni cap tipus de material de seguretat. Amb les presses i l'atac d'adrenalina, no havia parat atenció a aquests detalls importants per a la meva pròpia seguretat. Tan sols duia creuada una bandolera amb una càmera i al cul dels texans hi portava un bloc i un bolígraf: gran equipació la meva. Tot i això, no m'ho vaig pensar ni mig segon i vaig decidir penetrar cap al perímetre de l'explosió.

Encara era viva una columna de foc, una llengua de serp ataronjada que sortia de les restes del vehicle. Vaig calcular que feia poc que s'havia produït la deflagració, una mitja hora escassa. De ben segur, l'objectiu –efectivament de caire terrorista– era atacar l'escola de primària del barri, ja que havien estacionat el cotxe deliberadament just allí davant, a la porta principal del centre. Per uns moments, vaig deixar de fer fotos. Sentia la calor de l'incendi i l'ofec del fum. Hi havia dos cadàvers estirats a l'asfalt. Eren dos adults. Penso que dos homes. Els vaig esquivar saltant els cossos per sobre. Al meu voltant vaig reconèixer alguns companys atrafegats que, amb el mateix atreviment o inconsciència, feien fotos i intentaven gravar algun pla bo mentre alguns civils sortien de la zona ben de pressa, alguns amb canalla als braços. Vaig caminar encerclant el cotxe bomba, evitant el vigor de les flames, i vaig entrar dins de l'escola. S'hi sentien veus i esgarips llunyans que provenien de l'interior de l'edifici. L'explosió havia convertit en runa la vidriera del vestíbul. Ja no es veia la porta d'entrada. S'havia obert un gran forat que deixava entreveure la planta baixa gairebé calcinada. En algunes parets encara s'apreciaven murals infantils fets amb cartolines de colors. Vaig endinsar-me per intentar fer més fotos. M'havia quedat sol. La respiració se'm va accelerar. Vaig entrar en una sala a mà esquerra. Era una classe petita amb tres o quatre pupitres bolcats, i allí, en un racó, assegut d'esquena al sòcol, un nen d'uns deu o onze anys m'esguardava arraulit, encerclant-se les cames flexionades amb els braços. Ens vam mantenir la mirada fixament. Vaig desar la Nikon a la bossa i just llavors, com si deu mil homes m'empenyessin per l'esquena, vaig sortir disparat un parell de metres enllà. Tot seguit, el so d'una segona explosió va acompanyar aquella ona expansiva que m'havia encastat contra la paret. Un brunzit estrident a l'oïda em va provocar un efecte de lentitud en els meus moviments. Em vaig tocar una orella i en mirar-me els dits hi vaig veure sang. A les palpentes a causa de la gran fumerada, vaig repassar totes les parts del meu cos. Estava sencer, sord però sencer. El nen seguia allí, assegut, atònit i callat. Em vaig incorporar com vaig poder. En calent, encara no notava el dolor de la patacada que m'havia clavat. Vaig apropar-me a ell, el vaig subjectar pels braços i el vaig estirar per fer-li entendre que tocàvem el dos d'allí dins.

–What's your name? –li vaig preguntar tot ensordit i desorientat per l'explosió.

No vaig obtenir-ne cap resposta. Tampoc hi havia temps per a xerrameques, però; just quan vaig articular aquelles paraules, una estranya sensació em va cobrir una part de la cara: com si la galta dreta es desprengués com la cera fosa d'una espelma. A l'acte, un dolor corrosiu em va fer perdre l'equilibri i vaig tentinejar com un boxejador a punt del KO de l'últim assalt. Vaig tancar els ulls per, amb prou feines, recompondre'm. El mal era intens, dolor de carn viva. Fos com fos, havíem d'escapar-nos d'aquella ratera que abans servia d'escola. Hi havia hagut una segona explosió i no se'n podia descartar una tercera.

Li vaig agafar la mà ben fort i el vaig col·locar darrere meu. Vam sortir cap al vestíbul, on el fum negre era molt més intens. Ens costava caminar. Vam fer quatre o cinc passes fins que vaig entendre que havíem d'accelerar el pas o moriríem d'asfíxia. Vaig carregar-me el nen a l'espatlla, com un sac, i vaig sortir d'allí guiant-me per la poca llum que entrava del carrer. Fins que, maleït sigui aquell dia, vaig trobar la sortida. El cotxe bomba encara cremava i pel carrer derruït continuaven les corredisses i els crits. Vaig intentar allunyar-me de la zona amb el nen a sobre. Però, de cop, tres xiulets secs em van tornar a tallar uns timpans afectats. I també una força brusca i concentrada, buida, em va produir un retrocés estrany que em va fer aturar. Vaig mirar al meu voltant i un crit d'alarma va creuar l'aire com el ganivet d'un faquir en el punt àlgid de la funció:

–A sniper! A sniper! –vaig sentir enmig d'aquell carrer devastat d'Alep.

Un *sniper*, un franctirador, alertaven els veïns. Em va començar a sagnar la cintura i el regalim, cada cop més abundant, es va començar a estendre pels camals, deixant el blau dels texans com dues cuixes banyades de vi. Vaig deixar el nen a l'asfalt pensant que m'havien disparat enmig de l'abdomen, però quan vaig estirar el cos a terra vaig veure que la sang no era meva. Era d'ell. Era mort. El seu rostre mostrava la manca de vida, la inconsciència, la carn morta. Acovardit, vaig fugir corrents fins a una punta del carrer. Em vaig quedar entre dos vehicles. Parapetat i tacat de la sang d'aquell petit de deu o onze anys. Llavors, hi va haver dos, potser tres trets més provinents d'algun terrat. Just després em vaig tocar la galta. La textura de la pell ferida o cremada em va corprendre. Era com una plastilina orgànica que em penjava pel perfil dret de la cara. Un mal insuportable, intolerable i inexplicable em va travessar el crani verticalment. I, com si d'un col·lapse informàtic es tractés, vaig caure rodó a terra. Desmaiat. Inconscient.

Unes hores més tard, vaig obrir els ulls. Bé, més ben dit, vaig tibar les parpelles com vaig poder. Estava estirat en un llit improvisat fet d'un somier vell i un matalàs molt prim. Al braç esquerre hi portava una via amb sèrum intravenós. L'ampolla de la dissolució estava penjada en una cadira. Estava ingressat –entre cometes– al vestíbul d'un hospital d'Alep que, com l'escola de Saif al-Doula, havia estat atacat dies abans. Vaig intentar moure'm del llit amb la intenció d'aixecar-me, però l'esgotament no m'ho va permetre. Al meu voltant hi havia molts més llits ocupats i un tràfec considerable de bates blanques. Portava una bena a la cara que m'embolcallava de la barbeta al crani. De seguida, els assistents sanitaris em van explicar que havia arribat inconscient amb una cremada greu a la galta i diverses contusions arreu del cos. Hauria de passar-me un temps en observació. A la tarda, vaig demanar parlar amb Barcelona a través d'un telèfon per satèl·lit de Metges Sense Fronteres i vaig comunicar-los la situació. Vam quedar entesos: tornaria a casa tan bon punt obtingués l'alta.

Els dos dies que vaig estar a l'hospital em van permetre una dosi important de reflexió. A poc a poc vaig anar recomponent tot el que m'havia passat. Vaig intentar entendre què carai hi feia allí i com hi havia arribat. No n'era del tot conscient, però les urpes d'una depressió se m'acabaven de clavar ben endins. Llavors, repassant mentalment els fets, vaig comprendre que no era mort per un motiu: aquell nen que m'havia carregat a les espatlles m'havia fet de parapet davant dels trets d'un franctirador que anaven dirigits a mi. Ras i curt: el cos d'un infant sirià m'havia servit d'antibales. Un nen, em repetia, un nen. He mort un nen. Sense voler o no, vaig relacionar el meu afany de glòria amb la conseqüència que havia tingut. Els meus pensaments dictaven a ritme de martell que haver desitjat l'Olimp del cronista havia provocat l'assassinat d'un innocent de deu o onze anys de qui mai vaig voler saber el nom ni la procedència. D'acord, la guerra té aquestes coses, però jo no vaig saber digerir-ho. I per més inri, una cicatriu marcada literalment pel foc em recordaria tota la vida aquells fets, uns fets darrere una cicatriu: els fets traumàtics que em van passar a Síria.

POST SCRIPTUM

El 17 d'agost de 2015, la BBC publicava que els mil cinc-cents cassets que es van trobar el 2002 a l'amagatall talibà de Kandahar –el Cau del Lleó– incloïen gravacions de Bin Laden abans de convertir-se en la icona del pànic en què es va convertir després dels atemptats a Nova York. La col·lecció de cintes va servir de suport moral a tots aquells que van voler unir-se a les files d'Ossama entre els anys 1997 i 2001: l'embrió ideològic de l'11-S. Després de llegir aquesta notícia, vaig pensar que potser en aquests cassets també s'hi trobaven les veus dels segrestadors de l'IC-814 i dels tres caixmiris alliberats. Vaig imaginar-los arrecerats en una llodriguera secreta enmig d'un paratge feréstec de l'Afganistan mentre conversaven tot esmorzant, mentre reien amb acudits que els feien gràcia, mentre escoltaven paraules sobre la xaria, mentre feien anuncis d'enllaços matrimonials o, simplement, mentre cantaven himnes que els servien per alegrar els cors. Em vaig imaginar una espècie de dia a dia talibà, una rutina gihadista, un seguit d'hàbits quotidians d'aquells homes –potser també dones– que amb aquella tasca periòdica intentaven sotmetre els que no creien com ells de manera rotunda en un islam alliberador. Aquest pensament em trastornava, perquè recreava al meu cap una vida normal i corrent atribuïda a un col·lectiu que des de feia temps es distingia pel fet de caracteritzar el mal en majúscules. Quan pensava en el gest que l'Enginyer de la Guerra va tenir amb els passatgers, em semblava que aquella reencarnació satànica ho era menys, perquè, en el fons, la seva decisió aquell sisè dia de segrest els va salvar la vida. Llavors, la frontera del mal es convertia en polposa, esponjosa, determinada en un altre espai moral del que tenia preconcebut. Sense voler, el líder talibà es movia com una peça d'escacs en un territori neutral, una zona grisa que no el feia ser el símbol únic de la nocivitat humana. També sense voler, veia en els atemptats de l'11-S un mal convertit en deure i no una tendència gratuïta a l'agressivitat, el dolor i el turment humà. Lluny de justificar res, ans al contrari, el mal absolut i universal s'havia posicionat, a través del cas de l'Anna Lloret, en el meu enteniment, en un mal relatiu, banal. El mal, alguns cops, podia ser clement. El mal tenia una causa, com també la tenia el bé.

I després d'una causa, ve una conseqüència.

El segrest de l'IC-814 va canviar la vida a molta gent, i a d'altres els va convertir en persones noves. D'aquest últim tipus en vull destacar tres casos. I totes tres tenen el seu propi Cosmoledo particular, la seva cicatriu, el seu símbol íntim.

La primera persona és Rachna Kaytal, vídua d'en Rupin, mort a punyalades a l'Airbus. Al cap del temps, la Rachna es va tornar a casar i ha mantingut un contacte molt estret amb els que eren els seus sogres, que es van recuperar del dolor d'haver perdut tràgicament el seu fill. A més a més, la Rachna es va convertir en treballadora d'Indian Airlines vuit mesos després del segrest. D'aquesta manera, una dona que en principi havia d'haver seguit el que marcava la tradició índia s'havia convertit en una persona integrada al mercat laboral, cosa que ella agraïa molt en una entrevista feta l'any 2005: «Abans del meu primer matrimoni, mai hauria pensat a treballar més enllà de les feines de la llar. Si miro enrere, recordo molt en Rupin; el tinc present cada dia. Tot i això, ara tinc una nova vida. Estic estudiant administració, cosa que afegeix molt de sentit als meus dies. Si no hagués decidit superar-ho m'hauria convertit en ostatge per sempre, rebolcant-me en l'autocompassió, preguntant-me per què m'ha passat a mi. Tinc una actitud molt positiva i m'he adonat que s'han d'acceptar les coses tal com vénen. Tot depèn, en el fons, de nosaltres mateixos.» Per la seva banda, els pares d'en Rupin no se sentien tan optimistes. En declaracions a diverses agències internacionals, el pare del noi assassinat –després d'haver superat els seus problemes coronaris– deia: «Volem que els segrestadors siguin jutjats a l'Índia immediatament. Reclamem la forca per a ells. El nostre govern ens ha fallat.» Els pares d'en Kaytal van intentar moure molta més polseguera, ja que l'abril del 2000 van aconseguir audiència amb Bill Clinton. El llavors president els va assegurar que els terroristes acabarien sent arrestats i entregats a les autoritats índies, però el símbol del món –occidental– lliure no va mantenir el seu compromís.

La segona que es va convertir en una nova persona és Mariane Pearl, vídua del periodista Daniel Pearl. Si Said no hagués estat alliberat a canvi del passatge de l'IC-814, potser el seu marit no hauria mort. Potser la història seria una altra. Ella, qui sap, potser tampoc s'hauria convertit en el símbol que és ara: una periodista referent en l'ètica, la igualtat i els valors. El dimecres 10 de juny de 2015 vaig tenir l'honor de conèixer-la i parlar una estona amb ella. Ara bé, la conversa no va anar tal com m'hauria agradat. El TEDxBarcelonaWomen havia convidat la periodista francesa per impartir una ponència sobre el paper de les dones en els mitjans de comunicació. L'acte estava convocat al Casino l'Aliança del Poblenou, i malgrat que les entrades i les acreditacions de premsa estaven exhaurides des de feia dies vaig aconseguir col·locar-me a la llista. Quan vaig arribar, la responsable de premsa de l'acte, Marta Aguilar –amb qui havia compartit alguna aula a la facultat–, em va advertir que Pearl estava bastant farta que li preguntessin sobre el seu marit:

–De debò, Ferran –em va comentar–, no voldria semblar pas d'aquelles caps de premsa que dicten el que poden preguntar o no els periodistes, però si us plau... res de l'assassinat d'en Daniel.

La Mariane em va atendre de seguida. Somrient, simpàtica i atenta, i a una distància molt curta. Concretament, la nostra xerrada va durar deu minuts, perquè molta premsa l'havia sol·licitat. Parlava un espanyol fluid, ja que la seva mare és cubana. Recordo que em va explicar el projecte que liderava, el Chime for Change (Timbre pel Canvi), una campanya global impulsada per Salma Hayek, Beyoncé i Frida Giannini per reunir i fer més fortes totes aquelles veus que es pronuncien en favor de la dona. Mentre m'ho explicava, dins del meu cap sonava frívolament el nom d'Omar Said Sheikh. M'hauria encantat dirli, mentre ens miràvem als ulls d'una manera més semblant al festeig que a l'interviu, que havia escrit sobre ella, que formava part d'aquell Cosmoledo, que ella també n'era una de les inspiracions. Però no m'hi vaig atrevir. L'advertència de l'Aguilar, amb aquella veu fina però contundent, m'havia calat massa. En lloc d'això li vaig preguntar per la resiliència, un concepte que Pearl havia treballat en algun documental i del qual jo també havia parlat amb la Lloret: «Es quizás la fuerza más importante que tenemos en este mundo, porque incluye un trabajo personal muy y muy potente. Cuando una persona ha hecho este tipo de trabajo, tú ya puedes confiar un poco más en ella. Las personas que han mostrado resiliencia alguna vez son muy fuertes a nivel humano... y esto es algo que necesitamos muchísimo.»

La tercera conversió produïda després del segrest és, sens dubte, la de l'Anna Lloret. De fet, l'Anna Lloret ha canviat en molts aspectes. Especialment, ha perdut la por, és decidida, directa i molt més tenaç, i també ha descobert que té habilitats artístiques: pinta quadres. I com són les coses, o com és l'atzar –si és que se'n pot dir atzar–: un cop vaig acabar d'escriure aquest llibre que em va evitar la mort i em va fer sentir la resposta més impressionant que he sentit mai va caure'm a les mans –potser també per atzar– un tríptic d'una exposició que l'Anna havia fet l'any 2012, una mica abans de conèixer-la. El text deia: «La sala petita de l'Espai Cultural dels Canals d'Urgell acull una nova exposició: *Tintes*, de la mollerussenca Anna Lloret. *Tintes*, segons la mateixa autora, és "un interès per la persona, per les emocions, pels pensaments i com aquests incideixen en el físic; com el cos i sobretot la cara els interpreta deixant marques i recorreguts sobre la pell [...]".» Al llegir aquell text, entre sorprès i emocionat, vaig entendre que l'atzar potser no és atzar, però que una cosa sí que està clara: algunes vegades hi ha coses a la vida que es connecten entre elles. L'Anna, abans de conèixer-me i abans de convertir-se en el personatge principal del meu llibre, m'havia pintat a mi i al meu atol. Havia fet, amb *Tintes*, la interpretació exacta de la meva cara amb una marca a la galta dreta.

* * *

A mi també em va convertir en una nova persona, aquell segrest. Bé, més que convertir-m'hi, va fer que seguís amb vida, que fos conscient d'allò que pagava la pena. Quan vaig caure sumit en l'estrès posttraumàtic, tot es va fer més complicat del que ja ho era. El dia que la Carlota em va dir que estava embarassada, vaig actuar com un covard, amb por. Portar una criatura al món no sols no estava fet per a mi, sinó que em semblava una cosa fora del meu abast. Però l'atzar –o el que coneixem com a atzar– va provocar que em topés amb l'Anna i la seva història. L'empresa d'escriure-la em va fer veure el meu Cosmoledo d'una manera diferent. Ara ja no era el símbol d'un trauma, era el símbol d'un renaixement. I parlant de renaixements, o, més ben dit, de naixements: sóc pare. La

Carlota, malgrat que vaig dubtar-ho molt, va seguir en secret amb l'embaràs i va donar a llum. Ja no és la meva companya, però sí que és la mare de la meva filla. La millor mare que podria tenir la meva filla. Hi tinc una relació extraordinària, excel·lent. A totes dues les veig gairebé cada dia. Me n'han passat moltes, després d'aquest periple, i més que me'n passaran, però, amb el vostre permís, ara mateix ja em perdonareu, no em va gaire bé morir.

Per això, ara ja sé què és un símbol. Ara sé que és la síntesi d'un aprenentatge, la identificació amb una idea noble que està fora de qualsevol consideració estètica, perquè els símbols funcionen dins d'un altre àmbit i d'acord amb uns altres paràmetres. Paràmetres íntims.

Per cert, a la nostra filla li vam posar el nom d'Anna.

* * *

Quan faltaven dos mesos per publicar *Segrest a Kandahar*, la meva primera novel·la sobre l'odissea de l'Anna Lloret, vaig quedar per sopar amb ella. Feia molts dies que no ens vèiem, encara que havíem anat mantenint el contacte per telèfon. Era finals de juliol i la calor es feia sentir amb força a Mollerussa. Feia poques setmanes que havia entregat el mecanoscrit i tothom del meu voltant estava a l'expectativa. A més, feia poc que m'havien donat l'alta per treballar de nou al diari, però m'havia demanat una excedència de dos anys. Volia seguir escrivint fins que els estalvis m'ho permetessin. I, de fet, ja havia començat a escriure una segona novel·la.

Ens vam trobar al restaurant predilecte de l'Anna, El Gat Negre, on teníem reservada una taula al jardí.

–Mira! –va dir mentre em mostrava una mà–. Fa dos dies que torno a portar anells.

–I això, Anna? –li vaig preguntar, gairebé incrèdul.

–No ho sé. Però crec que ja he tancat una etapa... Sento que ja puc portar anells una altra vegada. Entrem a dins?

Vam creuar el restaurant fins al fons, on ens guardaven una taula a l'aire lliure, al pati interior.

–És molt acollidor, aquest lloc... –li vaig comentar mentre ens miràvem la carta.

–Abans, aquest restaurant era un centre de ioga i jo hi havia impartit classes per ensenyar a reduir l'estrès... és curiós, no? No t'has adonat mai que sempre faig comparacions dels espais mentalment? –va dir–. És una mania que tinc. Ho faig sempre, i tu al llibre no ho vas posar...

–Tens tota la raó –vaig respondre rient–. És que tu ets com una escletxa d'una porta! Que costa molt veure què hi ha a l'altra sala...!

L'Anna, en sentir-se reconeguda en aquella frase, també va riure.

–Guaita! –va dir assenyalant alguns espais–. Els meus alumnes es col·locaven allí al fons... i recordo que els exercicis de respiració els fèiem on ara hi ha la barra del restaurant...

–Per cert –vaig interrompre–. Aquí, què s'ha de demanar?

–Fem una amanida de primer i després, si et sembla, que cadascú esculli un segon. Et fa, la idea?

–Collonut! –vaig respondre.

Ens vam decantar per una amanida de cors de carxofa per compartir. Per després, l'Anna es va demanar un bacallà amb oli de poma, i jo, un risotto de bolets.

–I així que aquest és el teu restaurant preferit? –li vaig preguntar mentre m'atansava a la boca un trago de vi.

L'Anna es va descalçar les sandàlies davant la meva mirada perplexa.

–És que, a banda que el menjar és deliciós..., a l'estiu m'encanta poder sopar amb els peus a sobre de la gespa.

–Crec que t'imitaré! –vaig dir-li mentre em treia les Vans.

–I... ja estàs fent un segon llibre, Ferran? Veig que tu també estàs del tot recuperat... De què va aquesta nova novel·la?

–Eeeeeh... –vaig dubtar–. La meva religió no em permet explicar-t'ho...

–Vaaaaa, home... –va insistir arrossegant molt la lletra *a*, fent-se la romancera–. Crec que tu i jo ja no tenim secrets, no?

–D'acord –vaig assentir vergonyós–. Va sobre un naufragi.

–Què vols dir? Quin naufragi?

–Resulta que al *Titànic* hi viatjaven quatre catalans que es creien morts quan es va enfonsar el vaixell. Doncs n'hi ha un que va sobreviure...

–I no se'n tenia constància?

–No! –vaig dir rotundament–. Era un home que va tornar a Catalunya, es va canviar d'identitat, va formar una família... tot molt normal!

–I qui era? –va preguntar tota encuriosida i clavant els colzes a sobre de la taula mentre una cambrera amb rínxols ens servia els segons plats.

–El seu nom real era Emili Vives... però quan va canviar d'identitat es va rebatejar com a Ferran Grau!

–Fe... Fe... Ferran Grau! –va cridar eufòrica–. Com tu!!! Que fort!

–Sí... Jo també vaig flipar quan me'n vaig assabentar.

–I... qui era? Per què es va canviar la identitat?

–Era el meu besavi –vaig contestar amb un to sec–. I fins aquí puc llegir...

Vaig intentar canviar de tema mentre ens acabàvem els segons.

–Has parlat amb l'Echauz, últimament? –va preguntar l'Anna–. Vaja, el teu Tiet!

–Sí... –li vaig respondre–. Tinc una pregunta...

–Una altra? –va contestar sorneguera mentre es col·locava bé el tovalló sobre la falda–. Mira que me n'has arribat a fer, de preguntes, aquests últims anys!

–Sí, ja ho sé –vaig coincidir tot vergonyós–. El Tiet sabia qui us havia alliberat a Kandahar?

–Vols dir si sabia que darrere de tot hi havia Bin Laden? –va interrogar l'Anna.

–Sí... ell ho sabia?

–Demanem les postres. Et sembla? –va dir l'Anna desviant l'atenció–. Fan un coulant fenomenal aquesta gent.

Vaig desistir d'obtenir resposta, vam partir-nos unes postres i després vam demanar el compte. Quan vam sortir del restaurant, ens vam abraçar molt fort i ens vam desitjar sort i salut l'un a l'altre. Després ens vam fer dos petons i vam marxar en direccions oposades.

–Ferran! Ferran! –em va cridar–. Espera!

Ens vam tornar a apropar. Li vaig preguntar si passava alguna cosa.

–Fa una setmana, mon germà em va dir que t'havia de comentar una cosa...

–El què, Anna?

–El Jaume m'ha dit literalment: «Quan el vegis, digue-li a l'escriptor que des del 1999 encara em queden deu pàgines per acabar-me l'*It*.» I, també, que et doni records...

–Moltes gràcies! –vaig contestar somrient–. Li fas un petó de part meva, d'acord?

–Ah! Una altra cosa... Recordes la meva llibreta? La que vaig estar escrivint durant el segrest?

–Els teus apunts? –vaig preguntar desconcertat–. El bloc que l'Escudero et va enviar a casa quan te'l vas descuidar a l'ambaixada?

–Sí... La Universitat de Barcelona m'ha demanat si els vull publicar com un tractat de psicologia...

–Que bé! –li vaig dir tornant-la a abraçar–. Em faràs la competència...! I tu... ja tens títol?

–Sí –va respondre l'Anna Lloret–. He pensat que el títol serà *Assaig sobre un símbol.*

Aquella mateixa nit, vaig somniar en un angle mort: recordo que tot plegat començava amb el rostre del Tiet Pau mirant per un retrovisor. L'escena no semblava una de les nostres trobades, perquè ni dinàvem ni érem a cap restaurant conegut. Després, com si fos una el·lipsi, es desplegava davant meu un nou enquadrament on jo era un espectador actiu: passejava per una avinguda ampla que jo identificava amb la Friedrischstrasse de Berlín. Però no era l'actual, no era la que havia vist en el meu últim viatge de vacances a Alemanya. Era com de principis del segle XX. Anava vestit –potser guarnit, diria– amb un abric antic de pelfa, llarg fins als turmells i de color gris. Llavors, m'aturava. Una noia jove –també vestida d'època– creuava l'avinguda mentre un gran Rolls-Royce negre s'apropava a tota velocitat. Davant d'aquella imminent tragèdia, em quedava immòbil, covard, sense poder evitar que l'automòbil topés amb el cos prim d'aquella berlinesa. De cop i volta, com si d'un raig de llum es tractés, un noi jove sortia com una bala cap a ella i l'empenyia bruscament cap a la vorera i la salvava d'una trompada que hauria fet a miques els seus ossos germànics. Quan aquell acte heroic havia succeït en el somni, les meves cames responien –llavors sí– i corrents com un cotxe de carreres m'apropava a tots dos, igual que ho feien la resta de vianants del carrer. Jo era l'encarregat d'aixecar-la a ella de terra i un peixater o un home amb bata blanca de peixater l'incorporava a ell. En aquell punt, ja a les acaballes de la seqüència, a un pas de despertar-me, veia que l'alemanya tenia la mateixa cara que l'Anna Lloret, o potser era l'Anna Lloret vestida de d'època. Després girava el coll per mirar-me l'heroi i hi veia la cara d'en Chaplin o en Chaplin amb la cara d'Adolf Hitler.

AGRAÏMENTS

A., S., N., Oriol Molas, Ignasi Blanch, Santi Carles, Laia Vall, Maite Casado, Berta Palau, Eduardo Martín de Pozuelo, Sílvia Torres, Teresa Ginestà, Helena Culleré, Consol Caro, Ferran Monegal, Jordi Armenteras, Carles Ochoa, Glòria Alegret, Aureli Vàzquez, David Vidal, Josep Fita, Pilar Lloret, Ramon Castelló, Anna-Priscila Magrinyà, Josep Lluís Alay, Natàlia Sánchez, sor Lucía Caram, Elisenda Pineda, Laura Mayoral, Andreu Manresa, Ana Ching, Toni Alarcón, Quique Quera, Carme Buades, Jaume Grau, Ferran Grau Medà, Núria Brescó.